Benoît Duteurtre

L'ORDINATEUR DU PARADIS

天堂的电脑

〔法〕伯努瓦·迪特尔特 ——

著

龙云 ——

译

上海译文出版社

目　录

一　天堂之门

这个让我们百般焦虑的恐怖时刻，我倒觉得像是种解脱。上一秒，我还是一具摔伤的躯体，直挺挺的，一门心思只想着摆脱痛苦。我冥顽不化的肉体，正在与意志较劲：预设好的生理组织还在垂死挣扎，徒劳无益地延续，延续……就算在劫难逃，一了百了，那也得让生命机器延续肉体的苦痛……直到降福时刻，一切都撒手，斗胆说一句，我感觉自己涅槃重生。因为，突然，我的存在如释重负，我的意识踏上了惊异的发现之旅：既非欣悦，亦非惊惧；与"后死亡生活"的惯常描述相比，着实平淡无奇。

苏醒时留下的最初印象，是一间等候大厅：空间轩敞，毫无魅力，橙色的塑料座椅，一把连着一把，一行接着一行，旁边摆着三盆绿植，仿真合成的枝叶向四面伸展。墙上贴着几张超级摩登的海滨度假城市的海报，有恢弘的酒店、人工岛屿、帆船、小木屋，木屋前的金色沙滩上写着几个大字："赢取天堂的门票"。

有一刻，我心想，这是恶作剧呢，还是我真的身处天堂门口？名闻遐迩的天堂之城，我的基督教育早已注定我来到这里——除非我按图索骥先进入炼狱。至于地狱，我从来就不相信。七十年代，教理问答也旁敲侧击地告诉我们，这不过是唬人的骗局。跟随时代旋律，"我们都会去天堂"，在香气氤氲的烟雾中，我们身着花衬衫，曾经信口唱起这首名歌。只有少数几个恶魔，才有可能被投入永恒的火焰。对于希特勒及其党羽，我们准备弄点特殊惩罚。而且还有……我们可以想象，他们最后也加入了天使唱诗班，在那里，他们的天资已然愚钝，只得歇菜。这类问题曾让十来岁的我辗转难眠。至于其他人，作为欧洲年轻人，我的性情深受"现实政治"的启迪，真不知道该以什么名义来拒绝他的救赎。

然而，我刚刚苏醒的这个地方，既无祥云缭绕，也无寥廓长天，压根就不像大天使结队迎接我的升天之路。那个具有万千气象的场景，曾经出现在虔敬的书籍中，抑或更清晰地呈现在提埃坡罗的壁画里，它到底到哪里去了呢？我周遭的布景，为什么如此具体，如此简陋？难道我还暂时在生死之间游弋不定？我猜想，此时此刻，我大概身在新耶路撒冷的某个候见厅。另外，我觉得画家都大错特错，他们的视野只契合他们那个时代。世界已然改变，正如我们的梦想，我们的期望。如今，天堂也许更像海报上的海滨胜地。在我看来，这假设让人大失所望，因为我不喜欢热带气候，也不喜欢摩登布景，这些用来享受日光浴的豪华度假设施，对我来说一文不值。在这片检疫区中，贴上这些海报，难道是为了装点墙壁，吸引粗俗的品味？从前承诺的天堂，可是名副其实的享乐之地，还有没有符合个人意愿的其他去处？接下来的几个时辰，是否会有人邀请我去选择适合自己的套餐：杉树影中飞泻而下的溪流，卵石密布的广袤沙滩，面朝波涛汹涌的大海？

现在，我坐在大厅里，旁边还有些其他人，这让人想起各大机构的接待中心：医院急诊室，铁路售票处，各种售后服务部，你得拿着号，耐心等待。我发现，自己手中确实捏着一张橙色的——与椅子的颜色一模一样——条形小票，上面的序列号是25756223。我不知就里，于是伸长脖子，看有没有人可以打听。大厅底部，只见办事窗口一字儿排开，工作人员似乎正忙着接待来宾。窗口上方，电子叫号器正渐次显示号码，很快轮到我了，我决定等等看。生活中，我常常缺少耐心，也坏了不少事，现在一切都没有了尽头，所以不耐烦也就变得荒唐了。

周围有十来个人，稀稀拉拉地坐在座椅上，各自盯着手中的小票，满眼惶惑。后面两行的位置，坐着一名半裸的非洲女人，她身材瘦削，垂着两只乳房。左边是一名印度老者，穿着西服，系着领带，双膝上放着公文包，仿佛来参加商务会谈似的。他旁边有一名十多岁的中国男孩，衣服和头发都湿漉漉的，好像刚从水里出来的样子。我注意到，右边有一个五十来岁的欧洲人，正在不停地咳嗽，很可能是个烟鬼。他紧盯着提示牌，满眼绝望，最后的幻想也随之破灭。来到天堂之前，他是否认为可以随心所欲地抽烟？至少在这个大厅里，事情显而易见：标识牌清清楚楚，香烟上面画着一道红线，旁边还配有文字："No smoking①。"

一下子，这个细节让我从 post mortem② 麻痹状态中惊醒，因为

---

① 英文，禁止吸烟。

② 拉丁文，死后。

英文提示语与我想象的死后生活格格不入。突然回归现实，我发现海报上的广告词也是用英文写的："Get your ticket for paradise。①"在我们国家，大家已经习惯英文书写的提示语，刚才我不知不觉就做了翻译。事出蹊跷，随即滋生出很多新问题，我们究竟身在何处。

依我看，一踏入冥世，大概就能听懂所有方言，就像巴别塔之前的美好时光。在这个中转区域，难道情况特殊，工作人员不懂得因人而异？因此，非要用传遍五大洲的英语来书写提示语？但是，我倒觉得，对于中国四川人、刚果雨林中的俾格米人、西伯利亚的伐木工来说，"No smoking"有点侮辱的味道。从今以后，为了升入天堂，难道他们必须马马虎虎学几句英语，就算到了这里，还是得屈从于一统人间（人间一词让我倏尔想起，亲朋好友大概正忙前忙后，为我安排葬礼。但是，我对此几乎毫无兴致，我一心一意只关注墓外的事务）的主导力量。

有一点确定无疑：这些最初的观察，已然将我重置于人世生活的典型场景，旨在鼓动我去抵制那些我无力改变的事态，对那些只有我会在意的细节生闷气，反对那些在我眼里昭然若揭的丑闻……我几乎马上就得到确认，这时候，电子屏上显示了我的号，我毫不费力（对，力气这个概念已经彻底消失）地站起身来，朝 B 窗口走过去。我来到近前，对着防弹玻璃（在这个祥和的地方，为什么戒备这么森严？）坐下来。另一端，女职员——一位五官细腻的印度

---

① 英文，赢取天堂的门票。

支那少女——抬起头来，露出一丝笑容，仿佛是在欢迎我。我操着平素的语言，刚刚开口说了几个字，想感谢她的接待，她却满眼疑问地望着我，那样子就像在听天书。随后，好像为了印证我的担忧，她对着麦克风说：

"In English, please! ①"

我不想无谓地把事态复杂化，加上凑合着也能讲几句英语，只好老老实实地接受规则，当然也流露出几分惊讶的神色。为了证明自己在理，我指了指非洲女人和中国男孩，他们可能连一个英语单词也不会。这样说来，虽然进入了天堂，但依旧不方便，跟悲惨的人间生活并无两样。只听见麦克风里面传出几个怪腔怪调的单词，算是回答：

"这些问题，我可管不了。不过，您可以提出书面请求……"

毫无疑问，如果说永生这个概念多少有点意义，那无非就是模仿人间的生活，还有它的表格、程序，就算你有什么问题，也无人帮你解答。总之，与在行政机构里无能为力的感觉一模一样。因此，我只得不断告诫自己，现在还在审查阶段，最好还是照章办事。女职员拿起一张硬纸表格，放进窗口槽中，顺手推给我，让我填写。

填写的信息也是司空见惯，诸如在人间的身份、出生和死亡地点、职业活动、性取向等。背面的问题则更加严重——更加出乎意料，让人想起去美国时需要打钩的问卷："您是否种族屠杀的帮

———————
① 英文，请讲英语！

凶？""您是否质疑气候变化的存在？""您是否被指控性骚扰？"
"您是否因为否定犹太人大屠杀而遭到审判？""您是否因为恋童癖
而被控诉？"

表格下方已经注明，"只要有一个肯定回答"，我就必须转向
其他办事厅，后果将不堪设想……不幸中的万幸，这些犯罪内容与
我毫不相干，我立马在表格下方签了字，女职员用带有金属质感的
声音指示道：

"现在，请去二十一号门，去心理援助室。"

看到我一脸惊奇，年轻女子马上解释，一副保护我的口吻：

"别忘记啦，您刚刚去世。谁摊上都不容易！因此，请您去见
见专家。"

这套重复的说辞，她似乎早已烂熟于心，根本不容你讨价还
价。奔她指引的方向去之前，我大着胆子问了最后一个问题：

"能告诉我一下吗，这是什么号码？"

我看了看小票，进一步明确：

"嗯……两千五百七十五万六千二百二十三。"

"您的门票号，"她回答道，"也就是说，今年以来，您是第两
千五百万名逝者。就像身份证号是按出生顺序编排而成……嗯，这
就是您的死亡编号！"

她略微有点尴尬，仿佛说错了话似的。她看了看电脑屏幕，忙
不迭地补充说：

"我想说的是逝世。心理援助室会给您全部解释一遍！"

她又指了指方向，我谢过她。

二十一号门后面，房间是否更加温馨，是否贴满了让人舒坦、踏实的图片？我是否要进入精神分析师工作室，然后躺在沙发床上，开始探讨命运的本质问题？否。二十一号门后面，又是一间候见厅，跟之前的大厅一样死气沉沉。墙上照例贴着海滨度假城市的海报：五十层楼的酒店、面朝沙滩的小木屋、露天酒吧、水果吧，上面印着同样的文字："Get your ticket for paradise。"

又看见这句话，我益加忧心忡忡。是否真的需要赢取门票才能超凡入圣？必须成功通过一系列考验吗？再一次，我的脑海中又回荡起《我们都会去天堂》的歌曲，我心想，我们这代人不会自欺欺人吧。随后，根据提示，我又拿了号。

等待也更加漫长，这次我差不多在橙色塑料椅上待了一个小时。在我周围，各种肤色，各种年龄，真是应有尽有，大家看起来都惶惶不安，不知道办完这些手续之后，目的地究竟在何处。操同样语言的人，开始拉起家常。飞短流长，只言片语，你来我往，大厅里也自然喧闹起来。最后，信号显示，要我去 D 窗口，里面是另外一位职员，韩国人面孔，还是机械地说套话：

"自我介绍一下：邱星，心理援助师。我可以回答您的任何问题，不管是关于生命的终结，还是死亡的焦虑、与亲人的别离……"

我应声回答：

"您客气了。但是，我不需要答案了，现在我已经懂得，人死之后，生活还要继续。"

邱星不慌不忙地说：

"至于永生嘛，回头我的同事会……"

他一本正经地补充道：

"等您最终被录取之后吧。因为，现在呢，我们还得谈谈您的去世。"

"我很肯定，我一点也没有兴趣。这已经够难受了。"

邱星提前想到了我的反应：

"这种否认现象非常普遍。您觉得事情已经了结，不能再夸大其词。但是，您曾经爱过的一切，都已然在您的身后，您再也见不到啦！"

这个傻瓜到底是在为我提供心理援助，还是往我的伤口上撒盐？这话说得不合时宜，我正开始寻思的当儿，邱星满脸堆笑地朝我宣布，那样子宛如圣诞老人似的：

"但是，我还给您留着惊喜呢。几天之后，您可以见到爸爸妈妈。我甚至相信，今天他们就可以和您说上话呢……"

我满眼惊怯，一时定住，但心理援助师却热情不减：

"您可以回到最初的快乐，包扎好内心的伤口，全家团圆。"

"您没有更好的建议吗？"

这句言简意赅的评语，从我嘴里脱口而出。我愿意永生，但绝不想再回到从前的家庭，我年纪轻轻就做出选择，远离家庭。我既不想见"爸爸"，也不想见"妈妈"——按照他那种儿语的说法。我接受死亡，但希望做一名无牵无挂的死者！把这些告诉心理援助师，我做得有错吗？从这时开始，一切都乱了套。邱星又看了看电脑屏幕。他开始按部就班地走程序，点了好几次鼠标。他中断谈话，也不加解释，然后建议我去十七号门，"完成"手续。

经历了前面的遭遇之后，我自然多了个心眼。我有备而来，推开十七号门，走进一间新的候见厅，这里与前两个大厅毫无二致。我轻车熟路地拿了号，等着人家叫我。我的号码显示在屏幕上，我走到办事窗口前。但是，我发现并没有防弹玻璃，坐在对面的男子也跟其他公务员截然不同。

他一脸茫然，跟之前那些皮笑肉不笑的人相比，反差十分明显。他不像其他人那样死板，只会机械地打官腔。他穿着浅灰西服，敞着领口，打量着我，专注中多了几分人情味。而且，他说的也是我的语言，此前无处不在的英语被抛到一边。另外，他口齿非常清楚：

"自我介绍一下：德雷克·鲁宾斯坦，您的律师。我看了您的材料。说白了，您这事，我看胜算不大。"

现在，为什么需要律师？这人说我的材料干吗？答案应时而至，一副明摆着的语调：

"您想不到吧，这样才能进天堂！"

一下子，一切都能说通了。七十年代的歌手可能会不乐意，在任何宗教里，都不可能提前赢得救赎，且不说德雷克·鲁宾斯坦若有所思地给我描绘的特殊情形：

"这变得很困难了：天堂里已经人满为患。我倒不是马尔萨斯主义者，但我们的设施确实容不下那么多人。人口快速增长，压得我们喘不过气来！"

各种发现，纷纷扰扰。我忘记了自己的处境，天堂里的各种闹心事，跟人世间不相上下，我突然想了解更多。我假装天真地惊呼：

"别告诉我说，要根据名额来确定入选人！"

"实际情况也差不多，先生。"

"功德？善行？我们小时候学的那一套？"

"我们不是不知道。但也得考虑比例、名额、席位。因此，录取程序非常严苛。"

"也就是说，不是所有人都能去天堂？"

刚提出问题，我就想到了答案：尖刻的幻灭，乐观主义教育的崩塌，西方终极梦想的消亡。德雷克·鲁宾斯坦满眼阴郁地确认：

"我要提醒您，'最后的审判'中有'审判'一词，有人会上天堂，有人会下地狱。"

前景越来越明朗，我的身子直打哆嗦（这还是我的身子吗？），我支支吾吾道：

"这就是说……？"

那个致命的词难以说出口，但到底还是说了出来：

"您是说……真的有地狱？"

这一次，德雷克·鲁宾斯坦开始闪烁其词：

"程序才走到现在，我无可奉告。但事实就是如此，不是所有人都能进入天堂。"

一个新问题滑过我的心头：

"这么说来，那些理论上应该永生的人……却因为没有位置，进不了天堂，你们拿他们怎么办？"

"哦，他们得排队等候！"

在某个地方，这种假想似乎可以实现：

"您是说去炼狱？"

德雷克·鲁宾斯坦忍不住冷笑起来。

"您以为是玩电子游戏啊？我告诉您，炼狱可以说是个……民间概念，源自中世纪。在我们这里，事情要简单得多。排队等待的候选人会被安排到临时住宿空间。"

自从我家楼下存放垃圾桶的区域被改称清洁空间以后，对"空间"这个字眼，我学会了多加防备。自然而然，另一个词从我嘴里蹦了出来，我想起了帐篷和围墙铁丝，想起了堪忧的卫生状况和舒适程度：

"您是说难民营？"

律师并不想极力否认：

"是的，可以这么说吧。在人世间，因为战争或赤贫，那些对难民营习以为常的人，我们首先安置。这样的话，他们也不会不适应。"

听到这番话，我倒松了一口气，真是卑鄙。确实，我觉得自己有欧洲人的身份，多少也算得上养尊处优，像我这样的候选人，应该优先被安排到最好的位置。当然，从《圣经》的角度来看，我们离真福还差得很远："为义受逼迫的人有福了，因为天国是他们的……"但是，同时，天堂的管理机构也讲究务实。它关心的是秩序和安全，不会猛然改变入选者的原有状况。鉴于这种情形，能被安排进海报上的海滨度假公寓，我也就知足了。于是，我又回到原点，自信满满地问：

"您真认为我的材料有点……麻烦？"

实际上，我并不觉得有什么障碍会阻止我入选。说实话，从某些角度来看，我都认为，自己在人世的经历完美无瑕。我也有缺陷与不足，但我认为自己懂得快乐，生性敏感，富有魅力，让别人感觉很舒服。然而，德雷克·鲁宾斯坦并没有满足我的期待，他目不转睛地盯着我，说出了下面这句令人惊异的话：

"我是您的律师。没必要骗我！"

我不明白：

"什么意思，骗您？"

"听好了，先生。刚才填写的问卷，您是否一五一十地回答了所有问题？"

"这是肯定啦！"

"包括问卷背面的问题？"

"当然！我绝不是反人类罪的共犯，也从没有被指控过性骚扰……"

"也没有被指控过恋童癖？"

"恋童癖，也没有过！"

他究竟想干什么呢？答案呼之欲出：

"您知道吗？这份问卷的目的并不是要识别凶犯。因为您的一举一动，上帝都清清楚楚。"

他提起"上帝"，就像提起老板大名似的。随后，他继续道：

"不，这么说吧，问卷只是用来测试刚到的新人。重要的是，您不必十全十美。但您得坦坦荡荡，光明磊落。因为撒一个谎，就要有无数个谎来圆……可是，据我所知，您已经多次撒谎。"

他一边说，一边扫过电脑终端屏幕，还点击了几个链接，仿佛在比对相互矛盾的信息。我呢，倒是身正不怕影子斜：

"要不，我可以保证，我绝对没干过那些臭事。"

"真的吗？哦，我呢，我不敢肯定。比如，您宣称从来没有质疑过地球变暖，是吧？"

我有点语无伦次：

"是的，说到底……有时候，这些集体性的恐惧也让我很恼火。但还不至于睁眼说瞎话，除非是开玩笑！"

律师似乎并不同意。他又低头看着屏幕，读道：

"二〇一一年一月十六日，您与以前的几位大学同事聚餐，这期间，您说压根就不相信是人类活动导致了气候变暖——其实不过是'从远古时代以来的气候变化在影响地球'。引语结束。"

我记得，每逢类似的谈话，我总喜欢唱反调。然而，这是我首次掂量出"上帝"的非凡力量，对我们的一举一动、一念一行，他都明察秋毫。德雷克·鲁宾斯坦继续解释，又让我大吃一惊：

"餐厅的监控录像，我们这里有备份！"

"摄像头？"

"是的，摄像头！"

"也就是说，你们掌握了数据？"

"要想了解您，上帝的手段层出不穷。他没有理由不获取这份数据。我们还是赶紧谈第二点吧：恋童癖！"

我怒不可遏：

"这个，先生，我可不同意！"

"我要提醒您，我是您的律师。我的作用就是为您辩护，而不是从中作梗。因此，我们必须了解，对手究竟掌握了哪些信息。诚然，根据我眼下的材料清单来看……"

"还需要我重复吗？我对小孩子没有任何兴趣，不管是出于何种目的！"

"但是，在某些网站上，您也曾看过裸女照片。据我所知，您不讨厌吧？"

"与这有什么关系？"

"关系嘛，也就是说，这些……这些'艺术家'是不是成年人，您压根就没有操这个心。"

我一时无言。实际上，他说到了要害，搞得我忐忑不安……所以回答也有所保留：

"我偶然访问的那些网站，可一直都说得明明白白，全是成年模特。再说，这些女孩看起来根本就不像儿童。"

"这么说来，您倒是站着说话不腰疼。如果我告诉您，在拉美、东欧，有多少好色之徒肆无忌惮地拍摄十六七岁的少女裸照，也许您就会更认真地思考这个问题。"

我不敢相信自己的耳朵：

"这还是天堂吗？这是警察局吧。这些信息都是从哪里来的？"

"原则上讲，这与您毫无关系，但我有网络运营商的登录详单。这种问题，上帝可不会闹着玩。而且，还不止这些呢。我手头

16

还有几封您的电子邮件，您对移民问题极尽冷嘲热讽，言语十分可疑。尤其是这句，我念给您听听：'吉卜赛人入侵'。您忘到脑后了吧？"

"说穿了，无非就是私人邮件，哥儿们之间瞎开玩笑……但并不影响我们支持左派，反对种族歧视！"

"您是不是左派，我才不关心，再说也没有什么私人邮件。或者说，至少现在不存在了。从前，一切都还不透明，我们相信客户的诚信，相信他们正大光明的行为。如今，一切都处于监控之下。您说的话，您写的字，就算过了几十年，我们也全都有备份。"

"那我遇到麻烦了！"

德雷克·鲁宾斯坦用安慰我的语调说：

"又不是什么大祸临头。也有好处，对您非常有利，天平还是会朝那一侧倾斜的。只不过人确实太多了，我不能对您做任何承诺。不管如何，我建议您做有罪辩护。"

"是因为必须要为我辩护吗？"

"是的，有罪辩护可以得到从宽处理。最坏的情况，大不了在难民营待几年。"

重归沉默。他看着我，一副关爱的神情，我支吾道：

"现在呢？"

律师毫不犹豫地回答：

"现在，去十五号门那边，先体检！"

"体检？干吗用，我反正都死了？"

我的反问让他有点恼火，他生硬地回答：

"别问这么多啦！多想想我们这个案子吧。明天同一时间再见。"

因此，天堂里也有时辰、白天、黑夜。有时候，我曾经梦想过永生，梦想它点点滴滴都是红尘生活的翻版，这样我倒感觉心满意足。不过它并没有保留人世生活的精华，而是千方百计模仿其糟粕。我站起身来，像被驯服的野兽似的，走向十五号门，去了解后面的流程。

二　语句

1

西蒙在列车上

今天早上，西蒙感觉自己具有了现代情怀。一等车厢里的男男女女都是商务人士，他们以三百公里的时速在不同城市间穿行，一踏进车厢，跻身他们中间，他感觉非常美妙：仿佛与时代合拍了。他已经年满五十，属于所谓的"人生赢家"，一想到这里，他不禁沾沾自喜，同时又觉出几丝嘲讽的意味。他拿着电子车票，找到在网上预订的"单独座位"；其他乘客都打开手提电脑，或者在手机上敲着字，他却放下座椅靠背，想更好地品味这段快乐时光。最高特权：跟那些在昏黄灯光下开会的乘客不同，西蒙出门旅行，可不是为了这种俗不可耐的生意。他去一所大学做讲座，这怎么说都更加有面子。作为知识分子，他既不能拿期权，也不能发大财，但是，他至少有时间享受生活，报销两百欧元的车票也不成问题，这算不错了。

他正打算小睡一会儿，却响起了啰里啰嗦的列车广播。一位女士自我介绍说是"列车长"。她名叫玛侬，播报了目的地城市、公司名称；禁止吸烟，违者必究；列车行驶中禁止下车；最后，还宣读了注意事项，比如出于安全原因，必须贴上行李签等。她缓了口气，对乘客广播说，她很快要跟他们"见面"，西蒙心想，这到底是一位女士呢，还是一位神父？然后，她又用英语广播了一遍。少顷，凯文又用同样急促的声音开始广播。他自称"乘务员"，他介绍了自己代表的餐饮品牌，还邀请乘客去"体验"他提供的冷热餐点。有几位公司高管站起来，西蒙却遐思迩想。一刻钟后，他想要杯咖啡。

他沿着一等车厢过道往回走，他喜欢那些优雅的女套装、丝滑的头发、裁剪得体的西服、剃得干干净净的下巴、散发着香水气息的颈项。有几对乘客正在讨论项目；单身旅客独自敲着键盘玩；车窗外，麦田风驰电掣般一闪而过。西蒙一路逆行，步履轻盈，几乎有点飘飘然，他穿过两节车厢，然后停下来，排到队列后面。

在狭窄的过道里，远处是餐吧吧台，高管也排着队，宛如乖巧听话的孩子。在队列尽头，凯文独自一人，忙得不可开交——尽管清晨的他看起来朝气蓬勃。他正忙着准备咖啡，加热食品，接过信用卡，操作半灵不灵的终端，送上餐饮。足足等了五分钟，只有两位客人离开，西蒙与身边的女士不无同情地交换了一个眼色。这些"人生赢家"被堵在车厢金属壁旁边，开始急躁不安。有人感叹说人手太短缺了，而讲座人却想告诉他们："正是你们，可怕的资本家，你们既要压缩成本，又想增加利润，所以才导致了这种情形！"他想起了童年时期的餐车，虽然食物也不见得更好，但大家都可以坐着看报，还有好几名乘务员为你服务。西蒙也无可奈何：虽然他拼尽全力，与时俱进，但他总看见过去的影子浮现出来，透着浓浓的怀旧之情。

总算轮到他了，他点了咖啡和牛角面包。随后，他拿着自己的餐饮，回到座位上，一路小心翼翼，生怕打翻滚烫的咖啡。等坐了下来，他试图保持理性：千万别，他不应该发任何牢骚，尤其是在刚刚开启美好一天的清晨。于是，他闭上眼睛，背了背演讲的导言部分，他打算脱稿演讲。题目：《对私生活的保护》——这个题目总是能吸引那些网迷大学生。在强调各国立法差异的同时，西蒙想邀请听众对法律的相对性进行思考。他对这个切入角度很满意，终于，他开始享受地昏昏欲睡。

到达目的地车站后，西蒙开始往一步之遥的大学校园走去。他还依稀记得这座大区首府城市，记得那些意大利风格的建筑、巴罗克式教堂、迷失的广场。仅仅十年之隔，似乎全都变换了布景。难道重新粉刷过楼房？他仰着头，一栋一栋看过去，他还认得外墙的风格、雕花百叶窗、铁艺护栏阳台，但是一切仿佛全都被消过毒似的，已然脱胎换骨。低处，人行道上，杂七杂八的外省小店铺不见了踪影，取而代之的是整齐划一的专卖店，恍如身在伦敦、巴塞罗那或东京：Zara，H&M，Esprit，Nike，Gap，Solaris。衣服、箱包、眼镜，各种品牌，应有尽有，遍布整个街区，西蒙仿佛觉得并不是行走在一座外省城市，而是在丈量一道露天购物廊。

他很快就醒过神来，埋怨自己不该厚古薄今。从前，城市脏兮兮的，人们梦想着外面广阔的天地，不禁徒生烦恼，如今街区已经焕然一新。车来车往的主干道，摇身一变成为步行街和自行车道，只有有轨电车的笛声会不时打破这里的宁静。在星巴克咖啡前，客人你前我后地排着队，喜气洋洋地等待享用的时刻。继续朝前走，西蒙瞥见了公爵大酒店美丽的剪影，这时他感觉右边裤兜里的手机在不停振动。

他马上就像现代人那般急不可待，把手插进裤兜，拿出智能手机，看了看屏幕，诧异地发现有"一百六十封未读邮件"。通常，他每天只收到三四十封邮件。为什么从早上到现在就有一百六十封？西蒙打开收件箱，更是惊得连连后退，这全是早前删除的旧邮件。为什么手机会显示这些陈年邮件？网络真是奥妙无穷。他也没有深究，靠在墙边，开始清理邮箱，把僵而不死的数字垃圾统统删除。随后，他关掉了手机。

2

办公室里的西蒙

每当西蒙·拉罗什决定去国会办公室，一般都要等到十一点钟才跨进门廊。他讨厌朝九晚五、按部就班，而下属都严守时间，一丝不苟，他看在眼里，喜在心头。但是，他拒绝这样斤斤计较，他甚至还鼓励助理有需要的时候，多休假半天。对自己的小团队，公共自由委员会报告人总是一副古道热肠，因此想给自己提供点便利，也没有太多顾虑：快中午才来上班啦，到乡下度假啦，到外省做几场演讲赚点外快啦。必须完成自己的工作，但要杜绝职场那些条条框框。

因此，在这个吃皇粮的政府机构里，他如同一位宅心仁厚的国王，外面的世界风雨飘摇，这里却像一个幸福的避风港。每个季度，公共自由委员会都要发布有关保护私生活的"咨文"。在专家顾问团的监督之下，委员会就私密信息保护方面的争端和法案发表意见。它的工作对世界进程不会有任何改变，却培育出各种形式的主权民主。多年以来，西蒙积极投身政治，在专业杂志上搞活动，有选择性地疏通各种关系，最终才获得这个让人艳羡的职位。从那时起，他一心想有所作为，在铺天盖地的全球化浪潮中，他希望自己的委员会能够脱颖而出，让大家工资高一点，约束少一点。要实现这番宏图大志，自然免不了做出牺牲。在多年憧憬之后，他最终放弃了公务车：童年的梦想破灭了，在这个雷厉风行的年代，高级公务员必须做出表率。

今天上午，他把私家宝马车停在院子里，朝国会大堂走去，他忽然想到这一切，不禁生出几分酸楚。这是一座古老的私人公馆，位于首都中心，里面有好几个单位办公。委员会占用了一百平方米，有四名全职员工——官方的最新规定是"每人十平方米"，已经大大超标。这种比例是会计闭门造车搞出来的，公共自由委员会报告人老大不乐意，相反，从良好的工作环境里，他看到的是国家的尊严，与私企的奴役状况有如云泥之别。

他三步并作两步地爬上楼梯。他已经两鬓斑白，但头发照旧浓密，虽然到了知天命的年纪，上衣里面却没有什么啤酒肚。他跟助理打过招呼，问了问她孩子的情况。随后，看到项目官员没来上班，他才猛然想起，这人参加社交网络研讨会去了。

实际上，这阵子，委员会几乎无所事事。一直以来，西蒙真正的使命就是与国务秘书处搞好关系，因为这是他们的金主。他给助理指示说：

"在'疯狂吃货'给我预定两个座位。"

他一边等待，一边看邮件，还要打几通电话，然后再步行去这家高级餐厅，和朋友国务秘书顾问英格丽德见面。助理点头同意，西蒙则走向自己的办公室，打开房门，观察起如同个人作品一般的室内装饰。

整整两面墙都是书架，上面码满了书籍。看见精装硬皮封面，就知道那是几套经典政治法律著作。另一层摆放着西蒙参与合作的作品，尤其是十年前还有些影响的《反权力》杂志。他还收藏着自己喜欢的小说，好让来客觉得，他雅好文学。藏书的弊端，就在于要不断侵占地盘，西蒙只得再安装新书架，而且还不算码放在家里的图书。一天，儿子特里斯当来看他，甩给他一句无情的评论：

"一个U盘就能全装下！"

父亲不慌不忙地回答：

"你可能没看见。这都是珍本，网上找不到的。"

"不可能一直这样啦。国会图书馆正在做数字化处理，全都要放到网上。"

西蒙又搬出其他理由：

"我再说一句，全部是点校版图书！每个有意思的段落，我都找得到……"

"你再快也快不过搜索引擎吧！"

他做得对吗？他苦心搜罗图书，投入爱心，难道仅仅徒增自恋？看到另一面墙上的油画，西蒙感到几分慰藉：一幅大型油画，一张游轮海报，里面浸润着个人的情感记忆，这更难数字化处理！

靠窗的位置，放着一张镶花细木写字台，上面有几个信件签名夹。旁边电脑桌上，摆着键盘和平板显示器，西蒙也不例外，大部分工作都在电脑上完成。一坐下来，他就转向显示器，按下启动键。看见"二百三十六未读邮件"，他顿然石化。

报告人闭上眼睛，再慢慢睁开，简直难以相信。跟头天的情形如出一辙：大量旧邮件侵入电脑。更怪异的是：出差期间他特意删除的那些邮件，现在僵尸再现。西蒙百思不得其解，于是打电话给精通电脑的项目官员，但只转接到语音留言信箱。他一时茫然，不知所措，然后离开了邮件页面，去看了看正在经办的文件清单。犹豫再三之后，他最终点开了浏览器，最近一些日子，他只要来办公室，在上面耗的时间不知不觉中越来越多。

突然，他像打了鸡血似的，用手指快速敲出一个网址。首页上即刻出现五六个金发女郎，都是俄罗斯名字，不停地搔首弄姿：伸舌头啦，天真地笑啦。不过只是点到为止，刚好勾起你往下看的欲望。一闪念中，西蒙想保持理性。随后，他又接二连三地点击下去，开始寻找自己最爱的"娜塔莎"。他驾轻就熟地进入一个网页，页面上的少女裹着裘皮大衣，身在一栋俄式乡间别墅内部，点击下一个页面，裘皮大衣将应声落地。她大概在十六岁到二十五岁之间，这取决于你的心态——当然，网站明确指出，所有模特都已经年满十八周岁。

几个礼拜以来，对这个女孩，西蒙先是心猿意马，现在更是魂牵梦绕了。娜塔莎深邃的蓝眼睛，慵懒的举止，让他心醉神迷，他恨不得收集她所有的图片。在色情网站的无垠空间里，他信步漫游，探测每一颗行星，寻找想象中的人物，也许她并不叫娜塔莎，但她心甘情愿将自己的私处暴露出来。西蒙培养起对她特别的爱意，把她看做自己呵护的对象、朋友、知己，觉得彼此之间的秘密连太太也全然不晓。

后来，他不再痴心妄想，他戏剧性地忍痛割爱。《反权力》创刊人怎么可以浪费时间去看令中学生痴迷的图片？他把照片存在文件夹中，随后一键删除，仿佛要与邪念一刀两断。好几天时间，为了排遣无聊的念想，他只有泡在历史和文学中，不断充实自己……后来，他还是对娜塔莎念念不忘，好像只有这样才能满足自己的欲望，而且既不影响夫妻感情，也不会有罪恶感。

他不停地点击鼠标，他的手已经迷途难返，他的双眼焦急地期待着能够找到已删图片，这时候突然有人敲门。西蒙打直腰身，门缝里露出女助理的身影：

"您还有什么需要吗？"

幸好她只看得见显示屏的背面。老板红着脸，故作镇定地回答说：

"没有，谢谢。您可以去用午餐了。"

"好，那我走了。"

"该死的性欲。"西蒙这样想的当儿，她已经渐渐远去。在他眼前，斯拉夫少女慢慢张开双腿。突然，他觉得害臊，点击鼠标关掉浏览器，又仔细清除电脑历史记录，因为他担心某位下属多管闲事。最后，仿佛又接了地气似的，他起身朝房间角落里走去，在书架上找到一本十九世纪英国诗选。

3

新的战斗

一边抽雪茄一边解读时事的当儿，弗雷德和乔治看起来就像两个小孩，正在模仿美国热门电影中的媒体老板。在编辑例会上，他们吞云吐雾，高谈阔论，黛丝·布鲁诺觉得很好玩。乔治穿得衣冠楚楚，一副大老板的做派，总是一言九鼎。弗雷德是总编，更加矮小、肥胖，似乎时刻都在窥伺独家新闻，他敞开衬衫领口，松开领带，手里拿着咖啡，似乎存储着无尽的能量。对于最隐秘的话题，两人也觉得义不容辞，必须了如指掌。他们深谙理解各种话题的诀窍，醉心于对其条分缕析。在有关财政或选题的重要会议上，这简直近乎讽刺漫画。两个四十多岁的爷儿们，点燃硕大的哈瓦那雪茄，仿佛为了提供信息，就必须扫除城市频道的禁烟规定。

十五点三十分左右，黛丝进入房间，他们关心地问她是否介意：他们级别更高，一旦被手下员工投诉，就危险了。乔治坐在办公桌后面，弗雷德手里端着缸子，靠在墙壁上，正抽得兴致勃勃。副台长女士坐在他旁边的扶手椅上，面对云山雾海，一副临危不惧的神态。一看见黛丝，她赶紧站起身来，走上去与她行贴面礼：

"你怎么样？昨天的节目实在太棒了！那位工会人士，满满的都是对从前的怀念，我真—心—喜—欢！"

"谢谢，克里斯汀，太客气啦！"

她为什么如此热情？上演这个场景有什么预谋？两位女士刚刚年届不惑，一般来说，她们对什么都会唱反调。刚到电台工作那会儿，黛丝与这位羞涩、略显矮胖的女孩一见如故。后来，她成为当红记者，而克里斯汀则在行政部门一路晋升，这得益于她无懈可击的素质：在大部分问题上，她都代表主流意见。至少说那些支持媒体的意见，不管是涉及民粹的威胁，还是公共服务的浪费，或者同性婚姻的势在必行……作为"时代旋律的晴雨表"，她对避免因循守旧、人云亦云的电台非常有用。正因为这样，她有时候也会与黛丝抬杠，恰恰相反，黛丝认为自己的节目之所以成功，那是因为她言辞自由，是得益于反主流的嘉宾。

然而，黛丝最好的武器还是她的名气，她的民调得分一直居高不下。现在，在编辑部里，她觉得对方也不敢真正向她发号施令，对她的职业，对她在工作中表现出的自由，他们都表示尊重。他们可能受到克里斯汀的启发，只是想给她提个"建议"。克里斯汀默不作声，乔治先夸了夸头天的访谈，然后话锋一转：

"说正经的吧：我们收到了一个重要的快讯！"

"妇女事业又取得了新的进步！"弗雷德补充道，既庄重，又嘲讽，克里斯汀愤怒地看了他一眼。

此情此景，谁都清楚副台长的女权主义信念，就像知道黛丝·布鲁诺对这场战斗毫无兴致一样。在黛丝长大成人的家庭里，在父亲赞许的目光下，她难道可以为所欲为？然后，读新闻专业又出类拔萃？黛丝在职场取得了成功，与男同事相比，她并没有觉得受到了不公正的待遇。新生代总是不遗余力地谴责野蛮的大男子主义，有时候让她感觉很诧异。相反，对于原则上的平等，年轻的女权主义活动分子并不满足，她们毫不妥协，克里斯汀对此赞赏有加。但是，这个问题使编辑部出现了分裂。有些人信奉黛丝的温和态度，他们自己不敢说出口的内容，却在黛丝的态度中得到了确认：世界已经改变，冲突的时代已然结束。另一些人则自我抨击，揭露自己性别的种种不是。两位老板呢，他们避免介入此事，但是出于战略的考量，他们认为，作为一家体育色彩浓厚的电台，而且大部分都是男记者，绝不应该给自己贴上大男子主义的标签。因此，乔治抽了一口雪茄，继续说：

"明天，媒体要发布反网络色情宣言：对'作为女人的我们！'运动来说，这是新的挑战。"

黛丝翻了个白眼，她想起了这个小派别，三年以来，她们摩拳擦掌，大搞活动，揭露"男人秩序"。在她看来，她们的风格多少有点左派色彩，就像一群娇生惯养的孩子在闹脾气，但是，她的反应挑起了克里斯汀的话头：

"亲爱的，我知道，你对这些没有兴趣。但是，我们应该提升这种诉求的可视度。"

弗雷德明确说道，一副世事洞明的样子：

"就算收听我们电台的卡车司机，车里也挂着胸大无脑的女人的照片呀！"

"一句话，你们就是想教育听众，"黛丝冷言相讥，"宣言究竟有什么目的？"

克里斯汀低下头，嘟哝道：

"看女人不雅照，必须受到惩罚。"

黛丝身材高挑，看起来有点不大协调，一般来说她都表现得天真、喜庆。但这一次，她只是扮了个惊惧的鬼脸：

"什么意思，不雅？"

克里斯汀抬起头来，有点生气：

"我猜你是在开玩笑吧！上网看看，你就明白啦。请愿书要求将提供图片下载的网站和用户诉诸法律。"

"什么？"

这一次，黛丝全然没有了笑容：

"克里斯汀，这可是在呼吁大家控诉。仅仅就因为那些可怜虫在电脑上看了裸女照片！"

"你也许认为，她们脱得心安理得。"副台长反驳说。

"啊，你非说是色情！与男人相比，女人怎么就更加不雅了？"

一阵沉默之后，克里斯汀不紧不慢地回答：

"大部分女孩因为贫穷受到剥削。而且，我要告诉你，色情图片的消费者中，百分之九十都是男人！"

她双眼放光，像在宣判似的。黛丝心平气和地继续说：

"当然了，那全是性方面的疾病患者啊！"

弗雷德和乔治屏声静气，小心翼翼。她朝他们转过身去，不依不饶：

"最好让你们坐坐牢，起到预防作用。这样，大家就老实了。"

的确，两个老板一副男人做派，抽着粗大的雪茄烟，属于又讨厌又扭曲的那类人；因此，对于黛丝言语间流露出来的同情，他们倒是举双手赞同。但是，必须为时代旋律保驾护航。因此，乔治又恢复了大老板的那份庄重，直截了当地谈起问题：

"如果我没有搞错，星期四你要请的嘉宾，与热点新闻无关。你大概可以往后推推。"

实际上，黛丝也没有异议，哲学家可以等下周再来。她表示同意，弗雷德又开始发话：

"你已经明白了，我们希望你接待'作为女人的我们！'运动的某位组织者，让她来解读请愿书的意义……"

乔治把双簧演得天衣无缝，他明确说：

"克里斯汀推荐了阿达玛·罗洛。"

黛丝很清楚，这就是那个眉清目秀的高个子混血女郎，乔治大概是在一个鸡尾酒会上遇到她的。即便是为了维护妇女事业，他也克制不住对美女的热情。他感觉黛丝准备让步，于是得寸进尺：

"当然，你可以不同意她的观点。"

弗雷德一边吸烟，一边插话：

"为了让讨论更加激烈，你还可以邀请一位参与签名的男士，比如'单纯同性恋'组织主席。"

"走一步看一步吧！"

"谢谢，黛丝！"克里斯汀抢着说。

记者黛丝借机提出条件：

"同意。但是，根据正反双方同时出场的节目特点……"

她盯着副台长，继续说：

"我还想邀请一位反对请愿书的人士。"

"不管怎么说，我们不能搞新反动派论坛！"

克里斯汀忍不住来了这么一句感叹，却露出了自己的马脚。乔治说黛丝有道理，然后就宣布散会：

"当然，没问题。这样，我们就无懈可击了！"

出门之前，克里斯汀看了看黛丝，既温柔，又迷惑：

"我不知道，你到底在怕什么！"

她一边说，一边远去，挺着裹在蓝色牛仔裤里的臀部，把三个人甩在身后。

4
云

晨曦初露，西蒙就起了床。乌鸦声声，让他猛然想起，已然春满人间。他感觉满怀激情，吻过太太和儿子之后，就往办公室去了，比平时都要早。刚进入高速公路匝道减速区，电话响了。是国务秘书顾问英格丽德。她想告诉他，女权运动请愿书已经刊发在早间媒体上，矛头对准了色情网站用户。西蒙一顿爆笑：

"她们是一群疯子！"

随后，他脑海里又浮现出娜塔莎的形象。难道她的照片也属于请愿书所说的"不雅"范畴？不管如何，英格丽德认为，这是对私生活的侵犯——当然，从政治层面来说，只要是妇女进步事业，她都必须支持。因此，如果公共自由委员会发出警告，也就为国务秘书的工作提供了方便，可以帮助他谨慎行事。

"交给我处理吧。"西蒙允诺道。

他头一个到达国会，随即上网，发现已经为这事吵翻了天。他说干就干，开始起草文案，还是那套百试不爽的方法：采用温和的语调，凸显对方的论据，再将其驳得体无完肤。他写了几行，感觉很顺手，呼吁大家要尊重女性形象，关注惨无人道的性剥削与淫秽图片……然后强调指出，网民的私生活不容侵犯，而且刑事诉讼也有限定范围。他来回看了三遍，改几个词，删除几个逗号，然后作为社论发布在公共自由委员会官网上面，并且宣布很快将就此召开顾问会议。

完成了第一件工作，西蒙还是兴致不减，他收拾好散落的书籍，一一放到书架上，他突然看见最近从旧书商那里搞来的精装《老实人》。他一直喜欢主人公在逆境中坚守的信条："世界上一切都会十全十美。"有时候，他想，真是命中注定，自己近似于伏尔泰笔下的人物：努力地讨生活，努力地像同时代人那般思考，却始终事与愿违；远离世界，打理自己的"花园"，如这个遍布宝藏的私人图书馆。书架实在太满了，西蒙只得挪开一摞书，再站到椅子上，把《老实人》塞到书架顶层，紧挨着哲学家全集。

女秘书突然推门进来，他差点失足摔到地上。她压根没有想到，他这么早就上班了。西蒙心情大好，坚持要自己去准备咖啡，再等着约会。他要见一位警方网络专家，想讨论被删邮件死灰复燃这件怪事。

半个月来，这一现象呈星火燎原之势，让网络运营商无能为力。病毒最早出现在得克萨斯，对这种电脑偶然遭遇的"技术缺陷"，谁也不曾担心。没有任何黑客声称对此负责，一天天，受影响的网民日渐增多，问题越来越严重，都表现出同样的特征：以前删除的电子邮件莫名再现。他们也和西蒙一样，每天都在点击"删除"，在"清空垃圾箱"，第二天，被删除的邮件又如期回归，仿佛数字内容拒绝死亡似的。

十一点，助理把帕斯卡·张带了进来，这是个三十来岁的亚洲人，头发半长不长。他穿着蓝色牛仔裤，自以为该配上一条领带，显得怪里怪气的。领带系得马马虎虎，看起来更像那种成天对着电脑永远都长不大的书呆子。公共自由委员会报告人跟他握手，请他在扶手椅上坐下，然后递上咖啡，感谢专家前来廓清委员会最关切的问题：

"我阅读了很多相互矛盾的东西。我的问题很简单：那些仔细删除的老邮件，怎么会再次出现？"

他害怕对方回答得太技术性。帕斯卡·张却回答得非常清楚：

"您知道，在网络上，没有什么会彻底消失。"

"但是，当用户决定删除某些数据的时候，电脑就会问是否确认这一操作，似乎操作之后就无法逆转。"

"哎，这是幻象，以为数据被删除了。其实，数据一直飘浮在云端某个地方！"

专业杂志上经常出现"云"这个英文词。但是，西蒙希望得到明确的解释：

"意思是？"

"云就是一种浮动存储，集合了所有的信息，分散在一个个硬盘上。"

对这种泛泛而谈的说辞，报告人有点急躁，也不关心，他更感兴趣的是下文：

"比如，只要从电脑上删除一封已发邮件，就再也看不到了……其实，它早已多次穿越世界，因此，在每个中转站，它都会留下蛛丝马迹，如接入提供商、服务器。"

细节的建构恰如一场建筑游戏：

"服务器会毫不客气地截取某些保密信息，用作各种目的，比如有针对性地给你推送广告……"

"对，这个我知道。还是请谈谈邮件问题吧。"

"好吧，还有呢：在收件人那边，在收到你电邮的人那边，通过服务器和接入提供商，数据同样会留存下来。随着信息不断增加，就会形成一种几乎难以清除的'云'。"

形象更加清晰了，西蒙不禁若有所思：

"因此，我们可以想象，邮件之所以再现，那是云失控之后产生的效果……"

"我不相信，但是我们可以这样想象。"

又是一阵沉默。现在，西蒙想到了自己在网络上消磨的时光。突然，他若无其事地问道：

"我们设想一下，假如某人浏览可疑网站……"

"光屁股网站！"帕斯卡把话说穿了，一副嘲弄的语调。

西蒙低着头，恨不得钻进书中，却又故作镇定，继续说：

"嗯，比如吧……您想想，这个用户使用 VPN（他了解儿子教他的这项技术，颇有几分得意）进行自我保护。随后，他再彻底清理电脑……"

不管是删除娜塔莎的照片，还是删除下载日志，他都是这么干的。帕斯卡的回答一锤定音：

"得了吧，不管你多么谨慎，你在电脑上的行为，都会留在网络上，甚至就留在你的电脑里。"

"除非把硬盘格式化！"西蒙惊呼。

"就算格式化，专家还是可以全部复原。得用一把锤子把电脑砸烂。不管怎样，信息还是会飘浮在云端。"

西蒙忽闪着眼睛：

"您是告诉我说，不管什么私密信息，多年之后，都有可能再次现身！"

"对，这正是我说的意思。"

西蒙当头挨了一棒，他目不转睛地盯着帕斯卡·张。他仿佛慢慢弄懂了上课的内容，接着说：

"总之，电脑上的一切行为——这是我们日常生活的重要部分——都会永远记录在案。"

大家好像都缓了口气。然后，公共自由保护人低声嘀咕，就像老实人发现了真相似的：

"因此，一个国家，一个强大的企业，或者一群黑客，他们都可以收集数据，为自己的利益服务。只需要打开 X 先生的文档，从中选择一条尴尬（再说，谁也不是完人！）信息，然后将其公之于众。"

"理论上来说，这是可能的！"

西蒙有点凄切地说：

"我们还可以想象，某些下三滥网站本身就设了套，专门鼓动公民去违法犯罪。我们的社会，一方面设立红线，一方面又张开大网，不断收集证据，时机一到就可以派上用场……"

"这样说来，就有点像阴谋论了！"电脑专家反驳说。

西蒙趁机喝了口咖啡。接着，他好像又言归正传：

"但是，半个月来，僵尸邮件此起彼伏，四处泛滥，究竟怎么解释？"

警方专家脱口而出：

"首先，数据表明，只有百分之十的网民受到影响。为什么是这些人，而不是别人？难解之谜！"

譬如，出于职业原因，西蒙本人有可能被选为目标，一想到这里，他就直打哆嗦。但是，他还得极力掩饰自己的局促不安，专家则继续讲：

"实际上，优先考虑的有两种假设。要么是黑客攻击，但无人宣称对此负责：某些坏小子想在网络上散布恐慌；要么就更可恶：某家杀毒软件公司可能先搞坏系统，然后再提供解决方案……当然是付费的！"

"您相信吗？"

"这是最能接受的吧，但不能完全排除其他假设：网络超出了我们的控制。"

"那……怎么办？"

在这个问题上，帕斯卡·张胸有成竹，对技术信心满满，坚信任何谜团都能找到解决方案。

"邮箱很快会找到防御系统。把捣乱的邮件移进垃圾箱，问题就解决了。"

"不用再——删除了！"西蒙一声叹息。

少顷，他把客人送出楼道，又回到办公室，面对这明摆着的事实，他已经晕头转向：一切上网信息，哪怕仅此一次，也随时可能会僵尸复活。天主教中的忏悔圣事，可以赦免曾经的罪过，彻底清零。相反，你相信数据可以删除，那无非就是幻象。自己的放浪行为，西蒙可不想让它永远记录在案，所以他必须格外小心，不管是使用电脑，还是收发邮件，或浏览黄色网站。

为了显示决心，他一脸挑衅地在电脑前坐下来，点开浏览器小图标，敲出网址 poupéesrusses. xxx。首页上，应时出现五六个金发女郎，在她们中间，他认出了娜塔莎。然而，西蒙随手就关掉了页面，低声道：

"要说呀，为了你这种可怜的女人，我真是在浪费时间！"

5

家庭晚餐

稍后，西蒙坐在宝马里，又开始心神不安。回家路上，他一直在听新闻。好几位女政治家已经公开声援反色情宣言，督促政府紧跟她们的步调。突然，公共自由委员会的老板开始放飞想象：办公室电脑上那些不轨行为遭到曝光，他身不由己卷入舆论漩涡。下午的谈话表明，无疑存在这种可能性。他坐在车里，被堵在隧道深处：当初如饥似渴地在网上冲浪，不曾想惹出许多风险来，现在想起这些，不禁惶惶失措。

不过网上的信息浩如烟海，实在太多了，想着想着，他又来了劲。除非使用人海战术，才能穷尽这无底深渊。理论上讲，他并没有多大风险。夜幕降临，他益加忧心忡忡。他越想摆脱这种念头，却越是被纠缠，甩也甩不掉。回到家中，他才感觉稍许放松。他走进厨房，搂了搂安娜，然后倒上一杯干白，再打开新闻频道。突然，电视上，记者又开始拿请愿书做文章。

这时候，西蒙又感到了新的恐惧：电台邀请他明天去做嘉宾，他千不该万不该答应。刚才，城市频道的女记者给他打来电话，对社论表示祝贺，他感觉虚荣心爆棚，不假思索就满口应允……只能在节目中勉为其难地打太极：一方面，要批评请愿书，就像刚刚大张旗鼓地批评那样；另一方面，要顾及女权主义者的面子，免得引火烧身！报告人也上过黄色网站，如果被这帮积极分子发现，他的仕途就完蛋了。更坏的结果：他发布的官方观点，更像是在为自己开脱，这会让他陷入极其羞辱的处境。

八点钟，他上了餐桌，一边是特里斯当，一边是安娜。餐盘里，黄豆沙拉摆得非常艺术，似乎在掩盖自身低热量的事实。西蒙不想再一根筋地老琢磨这事，他朝太太笑了笑，太太长得很漂亮，人上了四十岁，有几分忧郁，非要他跟自己一样吃简餐。在这个普通得不能再普通的家庭里，一切都尽善尽美……如果照片流传出来，侮辱性的控诉铺天盖地，丑闻也会由此爆发！

他喝了一杯苹果汁，然后举起叉子，把黄豆送到嘴边。儿子正在切一块油腻的汉堡，上面抹着混合调味汁。特意给青少年准备的这道菜，看起来让人胃口大开，西蒙也很眼馋。他心里又营营扰扰。因为事情不仅仅是让上网恶习大白于天下这么简单。如果证实他下载过某些……未成年少女的黄色图片，威胁也就更严重了！

那些设在乌克兰或阿尔巴尼亚的网站，口口声声说所有模特都年满十八周岁，他一时冲动，怎么就信以为真呢？上当受骗，还给自己找借口，只会越陷越深，身为伦理委员会的老大，这种行为与职务严重不符。应该杀一儆百：免职，也许还要坐牢。这一切都是因为，某些百无聊赖的日子，他克制不住欲望，发神经似的疯狂浏览网页，一张接一张地看照片，怎么都停不下来；这一切都是因为，面对网上专门勾引老男人的小骚货，跟很多人一样，他压根就抵制不住诱惑。

西蒙感觉脸上渗出了一层薄汗。他耷拉着脑袋，咽下最后一口菜，拿起餐巾，擦了擦嘴，然后转向安娜：

"好吃……还健康！"

太太从什么时候开始关心起营养学了？她从什么时候开始经常去健身房上打坐课了？她从什么时候开始变得古板起来，跟他从前所爱的那个女子截然不同了：年轻的艺术家，热情洋溢，画展开幕式的当天晚上，在烟雾腾腾的餐厅里，她可是什么都敢吃，什么都不顾。特里斯当出生之后，他们还不得不面对另一个现实。随着孩子逐渐长大，安娜的事业心也逐渐消磨。她把工作室扔到一边，开始执迷于那些抗衰老药剂、处方、所谓的灵丹妙药。她更加关注西蒙在社会上的成功，仿佛这就是他们共同的事业。他虚度光阴，看少女裸照，如果她发现了会怎么想？娜塔莎简直就是她的翻版，但是更年轻，也更低俗，如果她发现了会怎么想？面对这幅场景，人生头一回，安娜可能会怀疑"自己的男人"，会真正发现"一个男人"的本性。

特里斯当坐在他们身边，满口流油地吃完了那块肉。他刚刚十四岁，染一头黑发，抹一脸白粉，最近几个月以来，怎么最让父母反感，他就偏偏怎么穿衣打扮。他特意穿着俗里俗气的金属摇滚T恤衫，正如他那众多的手串和哥特式指环一般。他像小太妹一样精心培养起几分玩世不恭的气质，每周两次上理发店，把头发搞得跟鸡窝似的。其他时间，他就沉浸在电游里，阻断与外界的所有联系。"代际问题。"西蒙这样认为，并不想教训他，只要儿子不出规逾矩：按时上桌吃饭，在学校刻苦学习。有时候，他猛然意识到自己的责任，想跟特里斯当谈谈心，希望儿子不要一回答就总是抱怨。他想分分心，又大胆尝试了一次：

"约翰·列侬有什么新鲜事呢？"

这是中学的名字。

特里斯当一边咕哝，一边又埋头凑近淋满酱汁的沙拉。突然，出乎大家的意料，他抬起抹满白粉的脸庞，仿佛有什么细节可以打动老爸似的：

"这一周，我们开始上'社会讲习班'啦。今天上午，老师来做了介绍。"

"啊，是吧！给我们讲讲。"西蒙和安娜异口同声地说。

看到自己的话产生了奇效，特里斯当很开心，于是不再嘟嘟囔囔，马上恢复激情，俨然一位有担当的年轻人：

"这多少算是……怎么说呢……警察的工作吧！'维护正义事业的警察'，按她的话说。"

这说法，西蒙听起来有点扎耳。他在特里斯当这个年纪，正是狂热的左派，视警察为混蛋。后来，他也认同，任何社会都需要警察。特里斯当在哥特式叛逆的伪装之下，说起"维护正义事业的警察"来振振有词，让他着实吃惊：

"很简单。所有初三学生，必须起草网络言论自由宣言。同时，我们必须一起来界定自由的边界！"

"可自由的敌人，就没有自由了！"父亲反驳说，仿佛洞若观火。

他想让特里斯当保持警惕：

"这种说法，你还是得当心！自由的边界何在？从哪里开始言论审查？关于这些问题，我可以给你几本书看看……"

儿子又开始低声抱怨，每次他一听到"书"字就这副模样。随后，他喝下一大口可乐，接着说，摆出一副青年人的权威：

"我们呢，在边界问题上，大家已经达成一致意见。"

从安娜的眼神里，看得出天底下母亲都会有的那种满足、欣赏。小伙子开始列举：

"首先，种族主义，性别主义，恐怖主义，对宗教的亵渎……"

西蒙禁不住流露出嘲讽的神情。他曾经不遗余力地反对宗教，自然很难理解这份宽容。以前的信仰从来就没有过上这样的好日子，这个知天命的男人不禁生出怀旧的情愫，而特里斯当又把他拉回当下：

"当然啦，还有纳粹网站、恋童癖网站！"

他居然这么说！太天真了！说的都是陈词滥调，还那么义正辞严！在特里斯当成长的世界里，邪恶归结为丑陋的两面：纳粹和恋童癖。混沌初开以来，这两个形象就一直潜伏着，伺机将鲜血和堕落洒满全球。这种简单思维让西蒙目瞪口呆。而且，这时候，他觉得矛头对准了自己。儿子说的最后一句话，让他的心悬到了嗓子眼，他仿佛看见自己加入了变态"恋童癖"队伍，遭到列侬中学学生无情的批判。娜塔莎可能只有十七岁半，只要专业部门捕捉到她的某些照片，就百口莫辩了。还没完呢：关于这项新的教学活动，他还留着高潮部分没有讲，他一边得意洋洋地陈述，一边吞下最后一口牛排和奶酪：

"老师还叫我们检查检查，看自己和亲朋好友的电脑里是否安装有过滤系统，好屏蔽那些危险网站。另外，我还得去检查你的电脑，还有你办公室的电脑。"

一听到这样说，西蒙气不打一处来。学校不仅将儿子培养成了审查官，而且还怂恿他检查父母的电脑！

"你们可不能这么干。这是间谍行为，这很卑鄙……"

安娜张嘴发话：

"恋童癖，难道就不卑鄙了？"

有母亲撑腰，少年更是寸步不让：

"纳粹主义，难道就不卑鄙了？"

西蒙不禁火冒三丈：

"你拿纳粹说什么事？你认识很多纳粹分子吗？希特勒，那是三十年代。今天，我们面临其他很多威胁。"

儿子打量着他，半信半疑。然后，他似乎看到了和解的余地：

"不管怎么说，爸爸，你应该保护你的电脑。你想象不到，有多少病毒，有多少垃圾，正在威胁你的隐私呢。"

他奶声奶气地叫了声"爸爸"，西蒙点了点头。两分钟前，特里斯当还一心想当网警。实际上，跟他那个年纪的男孩子一样，他也成天鼓捣电脑，搜寻隐私：这个冠冕堂皇的词，可以让你触犯法律，也可以让你下载成百上千小时的电影和免费音乐，或者浏览三俗网站。更有甚者：老爸不懂的知识，特里斯当肯定得心应手，他可以匿名上网。只需点几下鼠标，这名初中生就可以锁住电脑，让它百毒难侵。

晚饭后，特里斯当进了卧室，两口子则看起了伍迪·艾伦的电影；后来，安娜也先睡了，西蒙来到电脑前，想看看事情的最新动向。根据一条刚刚推送的消息，左翼民主党已经公开表态反对反色情请愿书，认为它"违背了隐私原则"。看到自己的观点赢得了市场，报告人终于松了口气，他来到已经睡下的太太身边，挨着她躺下，睁着双眼，看街头大树上流泻的月华。

6

一期好节目

黛丝朝电梯旁边的角落走去，她每天都要在这里接待来参加城市频道十八点《争锋》节目的嘉宾。

两个月前，装修改造工程结束后，一个恼人的细节暴露了出来。室内设计师疏忽大意，压根就没有规划会客厅，甚至连一张简单的长沙发都没有考虑，上节目那些走马灯似的政治人物、艺术家、运动员，也没有地方接待。好几天时间，只见各位名人政要直接等在编辑部门口，然后再去"玻璃房"（直播间的别称，完全透明）。因此，在记者的强烈要求下，台领导决定把这小块地盘装修出来，用壁橱稍作遮挡，摆上三把椅子、一张茶几。

类似这种实操层面的烦恼，总是在最后才暴露出来。施工准备阶段，负责宣传的同事斩钉截铁地推出了他们的口号，还颇为得意："向城市开放的演播室"——奇怪的口号，让黛丝很是不解。她觉得，电台的工作更需要安静，需要一定的隔离，才能制作出高品质的节目。然而，电台领导醉心于相反的理念："电台，城市活动的核心……"就差一点没说："狂热地传播谣言和未经核实的资讯。"

在宣传活动的背后，当然还隐藏着其他筹码。为了践行"向城市开放"的理念，首当其冲就需要拆除独立的办公室，把整层楼打造成 open space①。神奇的英文：它给人的印象是进步、宽敞、自由……因此，以前分散在两层楼的员工，现在被统统集中到这个大厅里。在同事的眼皮底下，每个人都龟缩在自己的小格子里。只有老板才可以继续享用独立的透明办公室，滑动百叶窗保持几分私密。因为这些改变，大家感觉成天都被周围的同事盯着——不敢浪费时间干私活，打游戏，煲电话粥。员工的平均办公面积压缩到了十平方米的标准之下——还向股东介绍说，在困难的经济环境下，这是一个"勇敢的"决定。至少编辑部算是名副其实"向城市开放"了，因为在宽大的办公区里，一排玻璃窗洞正好俯瞰整个街区的屋顶。不幸的是，因为空调和安全标准，窗户全都死死地关着。从前，在那些"向城市封闭"的办公室里，大家还可以打开窗户。如今只得铁下心来，呼吸禁锢的空气。

黛丝想起了遥远的过去，那时候，在一家大媒体当记者，绝对是让人艳羡的事。她还记得那些录音和剪辑的场景，大伙儿都一起工作：记者、制片助理、录音师……数字化转型催生出新的技术可行方案，所有这些工作，早已今非昔比。结果：如今，大部分记者都自个儿采录，马马虎虎地进行各种级别的技术调试；然后，对着电脑，自个儿剪辑，头戴耳机——在蜂巢般闹哄哄的办公室里，这

_____
① 英文，开放空间。

是自行隔离的唯一办法。同事之间偶尔低声聊上几句，然后又安静而专注地看报纸。每个人都那么匆忙、焦虑，自个儿在电脑上处理从前秘书干的那些乱七八糟的杂务：邮件，约会，跟进。大家不管你我，都各忙各的，仿佛一群身着白衬衫的苦役，只有到了咖啡机前面，才是最终放松的时刻。

在这种环境里，中年女子掂量过自己的特权。只有少数记者拥有自己做节目的团队，她就属于其中一员。另外，周而复始的《争锋》节目全程录像。因此，对于城市传媒集团来说，同样的成本，却一举两得，既有城市频道广播节目，还有 city. net 网站上的数字电视。作为记者，她属于电台里的商务舱人士，但也得自个儿接待嘉宾（以前是助理干的事），陪他们穿过开放空间，进入直播室。

这时候，今天的两位嘉宾正在长椅上闲聊。男子三十来岁，英俊帅气，毕业于行政学院，他叫鲍里斯·马特恩，是"单纯同性恋"组织的主席。坐在旁边的是阿达玛·罗洛，一脸孩子般的羞涩，她是"作为女人的我们！"运动的发言人。黛丝一现身，他们就站起来，跟她打招呼，然后跟着她走，周围是密密麻麻的工位、平板显示器、戴着耳机的脑袋。

"你们工作环境不错呀！"鲍里斯感叹。

最糟糕的就在这里。所有人都觉得装修很温馨，却忽视了恶劣的工作条件。对这些客气话，黛丝也不想泼冷水，只是避实就虚地回答说：

"是的，这是我们全新的开放空间。总之，还得感谢你们来参与节目。"

只说些大而化之的话。不涉及实质内容，免得扫了谈话的兴致。她带着嘉宾进入有机玻璃直播间，引导他们坐下，对着一黄一红两个麦克风。随后，突然问了一句：

"告诉我，我猜你们相互认识吧，阿达玛·罗洛，鲍里斯·马特恩……"

两位嘉宾对视了一眼，会心地笑了笑。实际上，各自的斗争——妇女事业、同性恋事业——常常让他们产生交集，好共同面对男人—白人—异性恋主导的社会秩序。

收到技术人员的指令后，黛丝做了个手势，启动《争锋》片头，随后开始在背景音中讲话：

"今天下午，在辩论时间里，我们将探讨'作为女人的我们！'运动草拟的宣言，宣言要求惩处网上色情图片的消费者。这份请愿书的意义，已经让大家费尽笔墨，阿达玛·罗洛将带来相关解释。'单纯同性恋'组织的主席鲍里斯·马特恩，也将带来同性恋群体的观点。广告之后见。"

麦克风的红色指示灯熄灭，广告声响起，邀请大家参加马克西足球在线游戏。黛丝有点后悔，一时冲动，刚才提到了"同性恋群体的观点"。不管怎样，鲍里斯·马特恩不过是众多同性恋中的一员。在辩论中，她还可以调整方向。

广告之后，她打开麦克风，回顾了被某些人谴责为"侵犯自由"的宣言内容。阿达玛·罗洛操着柔柔的声音回应。在褐色的肌肤下面，她那么腼腆，在精致的眼睛后面，她那么脆弱，几乎让人忘掉了论调的严肃：

"当然，我同意，要遵守法律，尊重个人自由。但是，我反对各种形式的暴虐行为，首先就是男权秩序，它已经无处不在，以致最后被大家忘到了脑后。实际上，我不希望人们在网上传播那些女性照片，她们被人当作猪狗，她们是单纯的玩物——我的意思是说，满足男人的趣味。我反对黑社会色情组织剥削贫困少女，我觉得，浏览这些照片的人，虽然他们只是为了消遣，但实际上已经成为帮凶，成为罪犯。"

记者唱起反调，同样不紧不慢：

"阿达玛·罗洛，您认为可以根除黄色图片吗？面对性挫折的时候，难道黄色图片不能起到发泄作用？"

阿达玛·罗洛提高了声调："请不要举这条理由！这让我想起，有人理直气壮地宣称，卖淫的存在，有如'一种必不可少的恶'，虽然在处罚嫖客方面取得了长足的进步！"

"你们的对手还提出了另外一个问题：一张女人图片，一段女人的视频，到什么程度才算不雅，才被视为犯法？我们知道，性是一个复杂、神秘的领域，包括不少表面上看起来不可思议的态度……"

阿达玛有点惊讶地笑了笑，继续还击：

"听我说：我看到某些照片、某些行为——不好意思，太生猛了，我说的是精液射脸上啦，他们得意洋洋描述的'双插'啦，给女人套上皮带啦……哎，我心想，这些先生们，脑子里全是歪门邪道。我反正受不了。"

她收起笑容，有点生气的样子，黛丝又挑起话头：

"您说'这些先生们'，好像只涉及男人似的。"

"我并不想说明什么。我发现，根据研究来看，这类图片百分之九十都是男人在消费，而且好像他们跟女人有严重问题。"

"但是，大部分政界人物，甚至某些女权主义者，他们都一致表示，要对利用网民私人数据的行为说不。"

"得了，'作为女人的我们！'呢，我们认为，将这些图片诉诸法律可能会更有效果，然后，在更加健康的基础之上，再重建两性关系。"

"单纯同性恋"的主席已经跃跃欲试，想吸引大家的注意。黛丝转向他一侧：

"您同意这个观点吗，鲍里斯·马特恩？"

斗士开腔发话，还是惯常的兜圈子：

"首先，我想说的是，各种形式的性别主义、大男子主义、针对女性的暴力，我们概一不一接一受！"

他的双眼如水一般透明、纯净。他既不太阳刚，也不太阴柔，在学完法学之后，他本该是理想的女婿人选，但是，在斗争中，他认为自己属于新一代同性恋，既通融，又警醒。他有好几点理由：

"曝光某些隐私，我并不介意。每次涉及儿童，大家深表同情，我也不尴尬。因此，我签署了请愿书！"

然而，他是醉翁之意不在酒：

"从另一个角度来看——话虽这样说，我并不完全同意阿达玛——如果是成年人之间心照不宣的行为，照片也就无可指责了，那我们也得当心自己的感受。"

女权主义斗士抑制不住情绪：

"那您也得承认……给女人戴上皮带！"

"只要是成年女人，而且她心甘情愿！"鲍里斯反唇相讥。

"我没见过有这样梦想的女人，"阿达玛·罗洛回嘴说，"除非是为了满足男人的意淫！"

同性恋斗士略加停顿，然后做了让步：

"我不能代表女性发言。但是，想想另外的情况，比如同性恋施虐受虐狂，如果您愿意的话。他们喜欢暴力关系，需要一定的场景安排。如果只看几张图片，可能会让人受到刺激。但是，这些行为发生在心领神会的成年人之间，我敢打赌，这些人绝对值得尊重。"

他蓝色的眼睛神采奕奕。作为具有权利意识的现代年轻同性恋者，鲍里斯对自己的角色心满意足。在一家大型广播电台，将受虐施虐的快感诠释为"值得尊重"的行为，黛丝呢，她不禁觉得有些滑稽。阿达玛也想冷嘲热讽几句：

"如果只是男人意淫的话，我倒确实希望，他们只在男人间干这事！"

辩论一共半个小时，中间插播了一首歌曲、几条广告，最后好歹达成了一定的共识。鲍里斯·马特恩宣称赞同对网络的整治，尤其涉及对未成年人的保护、对妓女的剥削。阿达玛想的远不止这些。

送嘉宾出门的当儿，黛丝内心感觉很满足。辩论非但不枯燥，还破坏了女权主义者和同性恋之间的神圣联盟。一边是男人的性观念，一边是女人借相互尊重之名要求严控性欲，有那么一会儿，大家能感觉二者水火不容。另外，还应该再拉开一点距离，从伦理角度来完善讨论。因此，在明天的节目中，她策划了与公共自由委员会报告人的访谈，报告人对计划的合法性问题有些保留意见。他不能参加直播，今天就得提前把发言录好。

黛丝认出了会客室里的男子，她看过他写的新闻稿：西蒙·拉罗什。他热情地站起身来，显得很精神，但不太自然，他说经常在车上听她的节目。他欣赏她对分寸的把握、对矛盾的控制，所以他接受了邀请。他跟着黛丝穿过开放空间，忍不住不无担忧地感叹：

"当着众目睽睽，在那里面工作，不会太有趣吧！"

女记者一声叹息，意思是她也有同样的想法。然后，他们进入直播间，各自落座，断断续续地开始对话。在他们周围，玻璃墙外面，记者有的埋头工作，有的来回走动，有的动来动去。黛丝觉得，他们压根就没有注意直播节目，有时会让嘉宾分心。西蒙抬起双眼向上看，女记者信心十足地给他简要介绍了鲍里斯·马特恩和阿达玛·罗洛交锋的内容——一个鼓吹受虐施虐值得尊重，一个要求诉诸法律，好阻止大家意淫。西蒙微微一笑，接着，他觉得记者可以理解夸张的手法，于是戏剧般地出场了，感叹道：

"女性事业！同性恋事业！这帮遇事烦躁症病人，为了本来已经获胜的战斗，搞得群情激昂，我真是受够了。"

"尽管……在某些国家，这些事业依旧步履艰难！"记者反驳道。

"确实。"西蒙表示认同。

但是，他重拾起逻辑主线：

"您得承认，这很奇怪。人人都宣称同情。已经获得平等了……但从来就不满足。还得不停战斗，就为了某个忘记的细节。这种斗争，根本就不是为了正义，这是权谋。"

"这是协会的生存之道！"黛丝一针见血。

突然，西蒙看了看墙上的仪器，满眼忧虑。露出一个探头！

"摄像头吗？"

"是的，访谈都要录像，要放到网上。但是，请您放心，还没有开拍呢。"

听这么一说，西蒙整理好领带，打起精神来。

访谈的节奏把握得很好，非常生动。嘉宾觉得，根据自己设定的温和原则，该讲的话都讲清楚了。他重申，要尊重妇女的权利与尊严，同时也要坚持保护私生活的黄金法则。在日常生活中，互联网举足轻重，不管出于何种目的，攫取个人信息的行为都不能接受，即便打击非法网站也至关重要。他并不认为应该鼓励大家浏览色情图片，但是他相信，在这个问题上，大部分政治领袖更愿意将公共生活与私生活区分开来。

访谈结束后，谈话还在继续。黛丝和西蒙都觉得，他们相互理解起来非常轻松。于是二人顿生好感。完成了差事，公共自由委员会报告人觉得称心如意，他谢过女记者，还留了她的电话。然后，他美滋滋地离开了城市传媒大楼。

7

流言蜚语

叉子划过餐盘，响声不大，却有点让人抓狂。餐刀刮擦釉彩，嘶啦作响，仿佛诉说着家人之间彼此的不满。太太指责丈夫，说他光顾出风头，今天真够混蛋；儿子谴责父亲，说他不识时务，没能力控制传媒世界；父亲当然也不示弱，抱怨自己当初不该爆发。

"你再怎么也该当心点啊！"

这句话，安娜·拉罗什重复了四遍。西蒙觉得，她一直压着没有发火，但犀利的话语中浓缩的全是愤怒。已经是第四遍了，安娜看他还是不来气，说起话来也更加刻薄：

"要是我可恶的话，你知道我会怎么对他们说吗？说这就是你的真实想法。说你一直在揶揄妇女事业。"

"得了，"丈夫叹了声气，让了步，"我可能开玩笑过了头，但至少说的是真实想法。"

安娜耸了耸肩，他坚持说：

"再说，就算我在揶揄，对你也不管用。不管啥时候，你想干吗，还是照旧干吗？我都给你自由……"

她怒冲冲地看了他一眼：

"问题就在这里！你说话的样子，像对待被包养的女人，像对待三十年代的二奶。就像你喜欢的那些怀旧电影！"

接着，她叹了叹气：

"说实话，看到这一切，我很后悔没有更多地投入事业。我真该多为自己操操心！"

该来的还是来了，女人开始后悔没有多为自己操心。在他们的境况中，所谓坦诚也差不多变成了挖苦。从外部看来，表面上还风平浪静。朋友们很吃惊，纷纷来电话，安娜还是信誓旦旦：这件事纯属误会；媒体歪曲了西蒙的言论，他会统一回应。儿子特里斯当呢，因为父亲"爆红"，他浑身也罩满了光环。在少年人心中，名气本身就是价值，作为名人之子，某些同学还向他表示祝贺。几个小时之后，他才看出危险的端倪，突然感觉自己作为富人区孩子的优越身份受到了威胁。形势越来越紧张，这时候，安娜又开始说话，语气也更加亲热：

"不管如何，亲爱的，我求你了。必须回应。"

"去吧，当明星！"特里斯当补充说，仿佛生活恰如一部动作大片，童年时期，他心中不可战胜的父亲形象，现在还得父亲去全部修复。

剧情并没有任何出彩的地方。主要的优点在于它出人意料的特质，因为西蒙之前并没有看到向他飞来的导弹。当初游手好闲，看黄色网站，现在只担心被别人曝光。前天，女助理来到他的办公室，脸色都变了样，他还以为这个恐怖的时刻到来了呢：

"拉罗什先生，您该看看谷歌新闻。我为您担心啊。"

他做好了最坏的准备，想象了不同的情景：警察对非法网站和用户展开行动；在那些传播少女照片的平台中，已有 poupéesrusses.xxx 网站；他多少有些名气，所以名字赫然排在前列。他甚至还找了些理由，说"那时候很疲劳、消沉"。西蒙已经做好了斗争的准备，他闭上眼睛，舒了口气，然后在搜索栏敲出自己的名字。这一搜让他大惊失色，网上的文章已经铺天盖地。接着，他皱了皱眉头，第一篇文章的标题把他吓了一跳：《公共自由委员会报告人受够了女人和同性恋》。

这句话是什么意思？页面上还显示着好几个视频链接，西蒙认出了自己在城市频道直播间的形象。突然，他想起了录像之前与女记者的私聊内容……

"她再怎么也不敢吧！"

他开始播放第一个视频，只见自己正在高谈阔论，一副放松、嘲讽的姿态：

"女性事业！同性恋事业！这帮遇事烦躁症病人，为了本来已经获胜的战斗，搞得群情激昂，我真是受够了。"

"扯淡！"他嘀咕道。

随后，他又回归理性。所有的公共行为都证明，对于女性和同性恋事业，他从来就没有过半点疏忽，一时的调侃之辞，难道就那么重要吗？这事可能来得快，去得也急，他这样想着，把那句话又听了一遍，确实，这话从公共自由委员会的老板嘴里说出来，显得有点不合时宜……不过这是访谈之外的玩笑话。随后，他又想起了十个反例，说明不管语境如何，事情本身都不会有任何改变。在这个世界上，摄像头、电话无处不在，给你设下了重重陷阱，谁也不会区分"访谈内"或"访谈外"的言辞。这样的考量压根就没有位置。多少政治人物就中了圈套，然后再无休无止地道歉？

西蒙感到怒不可遏，他本来录了一期好节目……大家却视而不见，只顾热炒这段模糊的"off the record①"言论。他又回到搜索页面，点开一段更长的视频，黛丝正在反驳他：

"尽管……在某些国家，这些事业依旧步履艰难！"

她演得很入戏！更糟糕的是，画面一闪，后面被掐断了。然而，西蒙还记得，自己曾经对她表示赞同。但是，再看到他的时候，他已经在做如下回应：

"您得承认，这很奇怪。人人都宣称同情。已经获得平等了……但从来就不满足。还得不停战斗，就为了某个忘记的细节。这种斗争，根本就不是为了正义，这是权谋。"

在随后的"评论"中，"细节"一词让某位女网友深受刺激，她提醒说，这是针对女性的严重暴力。一位"名人"与她们针锋相对，表现出近乎"否定主义"的轻率盲目，看到这一切，她不禁怒火中烧。几个小时以来，视频闪电般地传播开来。而西蒙强调要尊重妇女尊严的那段采访，所有网站都弃之不顾，非但如此，某些网站还断章取义："我受够了女人和同性恋！"评论有如排山倒海，仇恨、怨愤、失望滚滚而来，目的无非是要对指定的罪人进行公

---

① 英文，非正式。

诉。在工作中，对这种肆意无忌的行为，西蒙时常都要站起来明确反对。他从来就没有想到，滚滚浊流会朝自己奔泻而来。

很多躲在网名后面的键盘侠，纷纷要求伸张正义（"必须将这混蛋开除公职"），抑或义愤填膺（"我受不了这些言论，这种大男子主义必须终结"）。还有几个女人火上浇油，大谈特谈性别关系："这家伙用睾丸在思考。屌已经过时了。"在多家同性恋网站上，西蒙也横遭谴责，被认为是在支持纳粹的粉红三角形。对他的没头没脑，是非不分，很多人都感到惶惶不安："如果拉罗什先生认为同性恋斗争过气了，请他到郊区去看看。"还有甚者："极右的观点正是这样渗透进了权力阶层！拉罗什，辞职吧！"

木然地待了一会儿之后，报告人拨通了黛丝·布鲁诺的电话，第二声振铃的当儿，她接了电话。他随即开腔：

"我是西蒙·拉罗什。我要告诉您，您的所作所为，真是卑鄙。而我呢，当时还对您抱有好感！"

黛丝似乎颇为震惊：

"我没有骗您啊，请相信我，这事太可怕了，我也被搞得晕头转向。"

"已经耍了诡计，然后再来道歉，这也太轻巧了。您想过后果吗？"

"当然想过，我真的很生气。我马上就给台领导做了汇报，他们说完全不知情。可能是台里面的技术人员或某个人把视频传播出去的。"

一阵沉默之后，西蒙爆发了：

"那说到底，我的天，既然还没有开始访谈，为什么要启动摄像头？"

"不管您信不信，拉罗什先生，我不知情。再说，我刚刚在推特上发了声明。我做好了准备，还会公开地重复声明，我觉得，您应该申诉。"

不管怎样，这些抗议都于事无补。一个小时后，国务秘书顾问打来电话：

"你怎么能这么蠢？"她感叹道，"你得赶紧回应！"

她开始絮絮叨叨，从朋友角度说了一堆说辞，既为西蒙的烦心事感到惋惜，又不失时机地质疑了他天真的性格。英格丽德想"救火"，想避免"辞职"的窘境。辞职这个词，她也并没有少说。在她看来，"不可控力量"已然风起云涌。

回应已经是势在必行，接完电话，报告人开始认真撰写文字。他涂涂抹抹打了几页草稿，先提醒说谈话的语调很温和，是非公开谈话内容。他"不幸的言谈"，只不过是"夸大其词"。……他突然想起，类似的解释毫无用处，于是把笔放下。在公共舆论看来，他已经侮辱了女性和同性恋，这些人已经沦为"遇事烦躁症病人"。要回应首先就得正经八百地道歉。

第一天晚上，谈起这事的时候，安娜还是笑容可掬。她已经看惯了丈夫兵来将挡、水来土掩，她相信他有魔高一丈的能力。第二天上午，闺蜜打来几通尴尬的电话，她才意识到事态的严重，辞职的呼声已经此起彼伏。她看到一个显而易见的事实：她不称职，让西蒙走了歪路。她应该给他敲响警钟，摒弃那些不良倾向，比如对正义事业的揶揄嘲讽。

西蒙则开始盘算：如果因为严重过失被解职，能够领到多少补偿金？基本没有！失业补贴和社会保险能付给他多少钱？不足挂齿！要多久才能再找到工作？经历了这场丑闻，不会太容易。然而，他还得再工作十年，才能还完房贷。除非卖掉乡间别墅……从在职场上混得风生水起以来，他一直暗暗担心，害怕爬得高、摔得快。他的扑克牌城堡似乎即将坍塌。

"你再怎么也该当心点啊……"这是安娜当天第五次老调重弹。

这过头了。西蒙看了看太太，随即射出了那支从刚上餐桌就忍而不发的箭：

"你说得对，亲爱的。我真是胡来，说实话，因为说了些不痛不痒的话，就要被公开地侮辱，我再也受不了啦。因此，我宁愿递交辞呈……"

"什么？"

安娜的嘴里，发出一声惊叹。西蒙面不改色心不跳地说：

"是的，我不想赖在这个位置上了，我得表现出自己的尊严。我得说明，歪曲我的言论决不可宽恕。我得深表遗憾，国务秘书没有公开支持我，等等。"

"你不能这样！"安娜尖叫道。

"是吗，怎么就不能了？"

"因为，这是自私！"太太抛出这么一句话。

随即，又想廓清自己的想法：

"你倒落得轻松，但忽视了家人！"

"真的是这样，爸爸！"特里斯当更进一步，"你想想，在学校，人家会怎么说。"

"说到自私，"西蒙从桌边站起来总结陈词，"我觉得大家都很自私。在这事上，谁都只顾着自己：安娜想的是自己的生活方式，特里斯当想的是朋友们。从某种意义上说，我就是混蛋，是在为你们服务。人家都把你们当做我的牺牲品，谁都同情你们！"

西蒙继续吃饭，一言不发。少顷，特里斯当爬进自己的卧室，明显心烦意乱。安娜又开始说话，语调近乎温柔。她后悔自己夸大其词，说对丈夫依然完全信任。但是，她建议他别拿工作当儿戏，事态还可以平息下去。她觉得危机已经过去。西蒙却放下餐巾，摔门而出。

8

雷德与大流士

"禁止色情！你听见了吗，大流士？"

"是的，雷德，我听见了。这破事，我已经烦透了！"

两个小伙子靠在"火奴鲁鲁"三明治店的墙上，听着 CD 收音机里面的音乐。建筑物上，几笔色彩鲜艳的涂鸦，让当地平添几分加利福尼亚犹太社区的情调。在他们前面，沉沉的天际线上，坐落着高楼林立的"西部悬崖城"，市议会重新取了这个诗意的名字，想让居民多一份自豪感。其他地方，平房密密匝匝，围墙环绕的花园星罗棋布，还有守着院子的恶狗。两个朋友喜欢碰头的这个十字路口，也是四乡八里唯一热闹的地方，这里有车身加工车间、药店、涂鸦三明治店，店里卖"希腊烤肉"，配的薯条有点太油腻。至少，对周边的年轻人来说，多了一个聚会的场所，可以打发闲暇的时光。

在红尘人海中，雷德和大流士一副特立独行的样子。雷德家住着一栋小楼，屋前屋后有几块草坪，属于中低产阶级——跟郊区地带多如牛毛的游民相比，如今这个阶层已经颇让人艳羡。人如其名，雷德满头卷曲的棕发①，垂下来围在脸庞周围。他从小甜食吃得太多，深受其害，才刚刚十七岁，早已腰粗肚圆，但他并不想掩饰。他的裤子垂在脚踝处，然而最彰显个性的还在于他对 T 恤衫的选择，T 恤衫都印有挑衅性的图文，要么是毒品大麻花，要么是性别标记："我不是同性恋，但我有男友，是的！"

看到这些文字，好多女同学都猜测（她们早就怀疑啦），他是铁哥儿们大流士的男友。她们立马用爱将雷德团团包围，他却反驳说：

"得了吧，女孩儿们，我可不是同性恋，我敢打包票。只不过是恶搞而已。实际上，我总是在电脑上偷看裸女图片。"

她们马上一片大呼小叫。

他的朋友大流士，高个子，褐色头发，有着田径运动员一般健美的上身，对周遭的世界，总是一副又怀疑又幻想的神态，美国人侵伊拉克之后，他们全家移了民，他是家中的长子。他住在城区，酷爱历史，是一名有天赋的学生……不过，从十四岁开始，两位老铁更想搞怪，而不是考高分，更想捣乱，而不是学功课，更想在戏剧俱乐部星光灿烂，而不是在数学上出类拔萃。经济学作业要求阐发不同的市场观，他们马马虎虎不当回事，却把精力用去搞香颂创作，他们还发明了"Unirap"说唱风格，这大概可以为他们赢得荣誉和财富。目前，这种风格还没有跨出他们的卧室，而且以普世语言为依托：一连串单词，既令人费解，又音调怪异，滑稽地模仿滔

---

① 雷德的名字（Red）在英文中表示"红色"。

滔不绝的污言秽语，通常这就是说唱乐手诗意的写照。

"我们干吗呢？"伊拉克人靠着墙壁，开腔道。

"妈的，我们干吗呢？"雷德也不相让。

他们经常进行这种幡然醒悟似的对话。一般来说，他们最后总会想出某个愚蠢的点子，消磨掉礼拜六后半下午的辰光——比如要求某家清真肉店开门营业。不久前，在警察多次突袭之后，他们开始在城里散发传单，要求给毒品贩子和拐客发失业补贴。在一群缺乏幽默感的人当中，这种小儿科的玩笑，会给他们招惹严重的麻烦。但是，他们始终能躲过一劫，还获得了"小丑"的声誉，游走在社区主要帮派的边缘：黑人，阿拉伯人，本地人，走私犯，还有不同信仰的教徒——几乎人人都有一个盎格鲁-撒克逊式的名字，而且看同样的美剧。

然而，雷德和大流士对女孩子尤为恼火，少女们的那份热情，他们压根不屑一顾：她们关注某些无关紧要的细节，如服装品牌、发型发式等，自然而然青睐那些最傻帽的男孩。一方面，她们像真正的小女人一样千方百计挑逗他们，另一方面，她们也学着将自己视为牺牲品，仿佛从蒙昧时代以来就屈从于男人的桎梏似的。有一次，在学校的辩论中，她们突然言辞激愤，谈起了不平等现象："男人拥有全部权利，而我们呢，毫无权利。"在某些家庭中，可能确实如此……但是，大部分男子，不管年纪大小，在女孩面前就像千依百顺的孩子。

这一切，让他们恼忿忿的。何况今天下午，从电台听到"作为女人的我们！"运动发出请愿书，要求惩处色情网站用户。

"这事麻烦了,"雷德叹息道,"她们把男人都吓怕了,男人宁愿私下看看视频……现在,她们还想让那些光屁股图片爱好者去坐牢!"

"你得承认,色情图片真的挺掉价的!"大流士感叹道。

"你认为演员都是被胁迫的吗?"

从弱势性别之友的角度,伊拉克年轻人举证:

"即便她们认为自己拥有自由,从孩提时代开始,她们就受到奴役。现在到了该了结的时候,雷德。必须把所有男人监管起来。"

"什么屁话!女权主义者想惩罚男人……"

"但是,别忘记了其他女人,那些暗中对我们想入非非的女人,那些并没有张口闭口说'作为女人的我们!'的女人……"

"你注意到了吗?我们从来没有听说过:'作为男人的我们,我们这样认为','作为男人的我们,我们喜欢那样……'"

"这会被认为是大男子主义!"

"哎,我的大流士呀,未来可不是闹着玩的。我们会长大成人,我们也会谨慎地娶妻生子,只会羞答答地说:'作为妇女之友的我们……'"

一段阴郁的沉默之后,大流士问:

"有烟吗?"

"我去卷一支。但我想起了些事……"

"快去,雷德,别不卷呀。"

"你设想一下,我们也搞个运动,叫作'作为男人的我们！'。"

听到这个想法，大流士淡淡一笑，继而打趣道：

"比如，等她们宣布：'作为女人的我们，我们要根除色情'，你可以针锋相对：'作为男人的我，我爱好裸女图片——不碍事，我依然尊重母亲和姐妹。'"

"这些家伙，既有可怜的欲望，却又害怕上当受骗，这正是在帮他们说话吧。"

"是呀，就是这样，我们高呼：'你们是男人，骄傲吧，不要觉得耻辱！'"

一辆轿车开过来，停在"火奴鲁鲁"前面。一个女人仪态很年轻，脚蹬耐克网球鞋，她钻进了商店。雷德斗胆说：

"比如，那个女人，作为男人，我希望她全裸！"

"别低俗呀，雷德。我呢，我要送她一条美丽古雅的围巾。"

日影西斜。天际线上，"西部悬崖城"浸润在淡红而热烈的光影中，可谓美丽多姿。礼拜六之夜即将开始，随之而来的是打架斗殴、喧嚣拥挤的车流、东倒西歪的醉汉——然后，一切又归于平静，正如周而复始的每个礼拜那样。除非我们最终能有所改变。

9

普通纳粹分子

"Shame on you! Shame on you①！"

这句英语战斗口号，回荡在国会大门口。门廊两边，聚集了十来个女人，挥着拳头，高呼口号。然而，车中的西蒙，过了好几秒钟才如梦初醒：愤怒的口号是冲他而来的。跟平常上午没什么两样，他刚刚转过弯，准备驶入庄严的大门，驶进石块铺嵌的院子。他开着宝马，听着格里格的协奏曲，只见很多愤怒的脸庞，齐齐凑到车子挡风玻璃前，随即拳头像雨点般地砸向引擎盖。

噩梦还在继续，必须得挺住。幸运的是，这些悍妇并不能阻止他进入办公楼。保卫处的警犬把她们挡在外面，其中几位还朝他的车吐口水，他好歹驶进了门廊，来到老地方停车。西蒙熄了火，还听见身后一浪高过一浪的叫声：

"Shame on you! 真丢脸！Shame on you! Shame on you！"

公共自由委员会报告人吓得魂飞魄散，他在车里待了片刻，才回过神来。挺住！不要被吓到！然而，打开车门之后，他还是抬起左手，把脸挡住，仿若走下囚车的嫌犯。随即，他快步冲向大堂。

72

短短几天时间，他已经换了社会阶层。飞黄腾达的路径刚刚被拦腰截断，他成了人人喊打的过街老鼠。

西蒙来到委员会那层楼，跟女助理尴尬地打过招呼。他好希望她什么也没有看到，但是，刚才那一幕，她从窗户边全都看在眼里，她还好心地安慰他。他向她道谢，自己成了让人同情的可怜虫，真是悲惨。随后，他把自己关在办公室里，连那些善本书也懒得看一眼，他开始阅读摆在案头的文件。昨天，他一整天都在看网上那些乌七八糟的东西。他就像自虐狂似的，什么都挡不住他，朝他泼来的污水，他概不放过：抗议、侮辱、要求他辞职的请愿书。今天，他想专心致志地工作。他看了看邮件，签署了几封信函。五分钟后，他又忍不住转向电脑屏幕，在搜索引擎里敲下自己的名字，希望风暴已经开始平息。

希望落空。在那些大力声讨的名单中，首当其冲的数"作为女人的我们！"发言人阿达玛·罗洛的访谈，她明显很诧异："发表性别歧视言论之后，差不多已经过了一个星期，拉罗什先生（她假惺惺地表示尊重）还稳居高位，而他的本职工作就在于引导斗争，争取平等。"更糟糕的是，她还向国务秘书开火，要他迅速展开行动。西蒙闭上眼睛，心如刀绞：他太清楚了，政界人物是多么爱面子，对压力总是装聋作哑。但是，面对这位号称"被践踏的女性代表"，在他认识的所有部长中，没有谁能够抵挡得住。

那群在国会门口守株待兔的女权主义者（明天还有可能到家门

---

① 英文，真丢脸！

口去堵他），采用的是"清剿残敌组织"鼓吹的游击战术。她们的信仰无非几个字："我们不能再看到女人被践踏、殴打、强奸、剥削……"在她们眼里，那么多邪恶都在不断恶化，虽然有反性骚扰法、报警电话、婚内强奸警戒委员会，以及各行各业实施的平等原则。这些全都无济于事。因此，每逢有男人作奸犯科，说出某些罪恶的字眼，如"高级公务员西蒙·拉罗什的侮辱言论"，"清剿残敌组织"就会挺身而出，采取行动。后续行动纲领也目标明确："一旦受到威胁，我们决定分组进行反击。我们会公开指认罪犯，如果法律不管，那我们也不会让他们安宁：'真丢脸！Shame on you！'在你们的拳头下，死了太多的女人。斗争的时代已然到来。我们绝不会放过你们！"

西蒙继续点击，发现一张自己被偷拍的照片，照片中的他使劲地扮着鬼脸。看起来就像公审中的阿道夫·艾希曼——这似乎也契合了评论人的笔调，他被描绘成一位正在准备"道德秩序回归"的"普通纳粹分子"。这次有点太过火了，他把视线转到一侧。一个月前，他满怀自恋的热情，禁不住到网络上去搜溢美之词。今天，他已然获得了"名人"身份……成为替罪羊。对他的口诛笔伐依旧甚嚣尘上，只剩下唯一的出路：道歉。他拉开抽屉，取出一张白纸、一支钢笔——只有写私人信件，他才会用这支老款杜蓬钢笔，然后开始奋笔疾书："断章取义的言论，广播节目开始前的私聊内容，人们穿凿附会地认为我蔑视妇女和同性恋事业……"

他停了片刻。毫无疑问，据理力争（"断章取义的言论"）会受人诟病，会被认为是在狡辩。必须态度端正才行。他伏在案上，把前几行字一笔划掉，然后重起炉灶："我一时任性，发表了不当言论，伤害了所有女人和同性恋，我谨向他们表示道歉，同时我应该深刻反省……"

好多了！必须自我侮辱，自我批评……西蒙有几分窃喜，他放下钢笔，但转念又想，这可能还不够。这样下去可能会没完没了：一旦道了歉，人家又会要求他辞职。而且，他在办公室上黄色网站的蛛丝马迹，没准儿会被某位忠心耿耿的同事从硬盘上扒出来……这样国家会让他赔偿损失！

最好还是得意一点，甚至高傲一点。西蒙又拿起一张白纸，兴高采烈地写起来："我是公共自由委员会负责人，我浏览过某些展示年轻女人的色情网站。可能还有未成年少女，但是我毫不知情，所以并不碍事。有时候，我半开玩笑，说了些种族主义和性别歧视的言论，揶揄我们的时代。我要澄清：这一切，我并不觉得耻辱。"

写到这句话，他又打住了。他从来就没有勇气这样说话，但是，他搬起石头砸自己的脚，成为牺牲品，一想到这里，他就受不了。就在他思来想去的当儿，右边衣兜里突然开始震动，提示收到了新的信息。他机械地掏出手机，看了看屏幕，只见僵尸邮件又死灰复燃。然而，这个神秘现象已经中断了好几天。让西蒙更加诧异的是，那些猴年马月的已删邮件，这次又突然僵尸复活，仿佛是要为他鼓舞士气似的。

列表顶端，显示着一系列来往邮件，涉及一个由公共自由委员会处理的案子。一个女人与雇主在性别平等问题上发生了冲突，在邮件中，报告人对此特别关注。如今俨然黑云压城，西蒙压根就没有想到要炫耀曾经的操守。但是，云却帮他把它们一并找了回来。激活邮件的神秘力量，这次站到了他的阵营。他乐不可支，喜上心头，开始拨打英格丽德的个人电话。国务秘书顾问接了电话：

"喂，西蒙？"

"我想跟你聊聊。不打扰你吧？"

"不，还行。但我很担心。我们又收到了三份正式请求，要求你辞职。我害怕国务秘书最后会舍卒保车。"

一阵沉默。形势已经剑拔弩张。

"听我说，"西蒙心急火燎道，"我刚刚找到一个好东西：好几份工作材料表明，我一直就在支持妇女事业。如果你可以疏通关系，将它们发到媒体上的话。"

"我愿意，"英格丽德欣然接受，"但是，媒体并不一定遂我们的愿。现在，矛头对准的是你，他们寻找的所有东西，就是那些可以陷你于不义的玩意儿。"

然而，西蒙不想服输。

"我发邮件给你吧。至少，你可以给国务秘书看看。"

他挂了电话，从办公桌前站起身来，走到镜子前面。他已经年过五十，但还算精神。他有着率真的眼神，让人觉得很热情——条件是必须选择照得好的相片。因为，奇怪的是，同一张脸庞，在一闪念之间，可以让人觉得是恶魔，是骗子，是混蛋，是流氓。现在，正是强加第一种印象的时候。

半个小时后，西蒙开着车，从国会门廊下穿过，他打了个手势，算是招呼那群"清剿残敌组织"成员，她们替换了上午的那一拨，还是异口同声地高喊"Shame on you！"。她们挥舞拳头，敲打车身，但他只是微笑着渐渐远去，又从上午停下来的地方继续听格里格的协奏曲。

10

湖泊

　　一个礼拜过去了，国务秘书还是神龙见首不见尾，既没有公开支持西蒙，也没有正面回应那些要求他认罪的人。"清剿残敌组织"成员还是天天围攻国会。在城里，每次出门都成了考验，报告人决定到山间去待几天，避避风头，他在那里有一栋小房子。

　　冬初投入运营的高铁车票，必须提前预订，现在早已经满座。西蒙迫不得已，只好选择低成本航空公司，他打好登机牌，一大早就驱车五十公里，来到廉价机场。最吃惊的是飞机站票，凡是一个小时内的航程，FreeFly. com 网站都为客户"推荐"站票。如果旅客想要座位，必须提出申请，补齐差价。其他人都是凑合靠着靠背。西蒙站着系好安全带，连抗议的勇气都没有。要用厕所，空姐还要收五欧元，他也只好认宰。

　　下飞机后，他就朝出租车站走去，好回到隐藏在二十五公里外山谷深处的那个小窝。山岭上，春天浅绿的嫩叶，深绿的杉树，彼此交相辉映，看到这些，他顿然心胸舒坦。车子穿过一座座冷清的村庄，牧场里是懒洋洋的奶牛，东一头，西一头。不一会儿，公路蜿蜒朝山口上升，出租车终于驶进山谷，西蒙看到了波光潋滟的湖泊。他远远瞥见了沧桑的钟楼，那浑圆的顶部宛如圣诞球似的，还有湖滨一排排的房子。随后，他看见了自己的家：一栋建于一九三〇年代的度假小木屋，当时，因为空气清新，这里是备受青睐的度假胜地。

少顷，他独自拖着行李箱，走在木栅栏前，重新见到覆满鲜花的湖边坡地，他不禁欣喜若狂。芊芊绿草之间，一条小溪潺潺流过，空气中飘浮着松脂的味道，沁人心脾。他觉得浑身上下感官和谐，作为公共自由专业人士，通过与自然的接触，他想起了让城里人疲于奔命的生存问题：日复一日，忙忙碌碌，究竟为了什么？他本可以与太太、儿子一起在这里平静地生活。在公职部门升上几级，有什么用呢？答案无非两点：

一、他太太和儿子压根就不想在这里生活。

二、不管是这栋房子，还是城里的公寓，他都没有还完房贷，外加很多杂七杂八的费用，还得让他营营役役好多年。

因此，看起来如此简单的幸福，不过是遥远而不现实的愿景——一如《草原小屋》中的完美世界，他偶尔会看看这部电视剧，总是一副纯真的眼神，因为其中承载着他内心深处的知识分子梦想。

再说，山区可能会让他厌烦。也许不会。他压根就不知道。他从来就没机会等到厌倦这一刻——想逃避孤独，想返回城市。但是，等他插进钥匙打开门锁，他闻见了去年秋天采摘的苹果的清香，他感觉到一阵从未有过的幸福的颤栗。他打开临湖的窗户和百叶窗，薄暮的光影轻轻地洒落在油画和书架上。这些私人珍藏让他想起了城里的办公室，但是，在这里，它们仿佛只是为了让人慢慢品味似的，还要配上几把深深的扶手椅，氤氲着小陶炉的温热。这就是他今天的梦想，因为无中生有的卑鄙言论，他被置于聚光灯下，现在他梦想着享受隐居的特权。他想起了"打理花园"的老实人。

要想实现这个平凡的梦想，那必须得有固定收入。一无所有地来到这个世界上，西蒙发明了那套人上人的虚假生活状况：国家养活你，但必须做强人所难的工作。生活有一定自由，但人家总是盯着他，在出资方和管理人面前，他手脚并用极力维护的这个"委员会"，他自己也不相信有多么重要。但是，现在，他必须自证清白，就像一名低级职员或下贱的骗子似的。

他一边遐思迩想，一边朝村子走去，每次甫一抵达，他就喜欢到村里逛逛。他招呼卖给他鸡蛋和牛奶的农妇，然后在咖啡馆喝一杯干白，了解了解当地的飞短流长。小径时高时低，蜿蜒起伏，连缀着一家又一家农庄。奇怪的是，他对设施管理处的计划毫不知情，他们急于打通各个市镇之间的交通——也就是说，先要裁弯取直，平整路面，让道路可以通行四驱车、重型卡车、旅游大巴……目前，这条路依旧充满诗情画意，不经意间露出来的每幢房子，就像一位木石铸成的饱经风霜的老人。在"玫瑰之家"（这是农庄的名字，因为门边窗口都砌着色彩鲜艳的砂岩）前面，柏油路面上的坑坑洼洼中开着小花，里面有三五只悠闲自在的母鸡。它们没有任何风险，车子本来就稀少，行驶又缓慢。西蒙觉得很舒服。西蒙感觉这里地远天偏，仿佛离红尘世界、"清剿残敌组织"和电子邮件十万八千里。

他走近农庄，看见当地最后残存的农妇，正在水眼旁喂鸭子。他挥手朝她打招呼，还准备跟她闲聊几句，她可能会操着四不像的语言回答，让人听得似懂非懂——与农夫简单聊几句，这已经足够了！然而，等他大声说"你好，玛丽娅"的当儿，农妇拿着粮袋子，气冲冲地朝路边走过来。劈头就问：

"除了女人，你呢，你还对什么不满？"

西蒙愣了愣，不敢相信自己的耳朵。但是，玛丽娅盯着他，满脸怒气，接着她又坚持说：

"你呀，你批评女人过了头。小家伙呢，让我在网上看了看。"

有一刻，报告人还想解释。但是，即便在此处，在牲口棚门外，还是躲不开这事，他觉得很无语。他不知所措，欲言又止，玛丽娅还喋喋不休：

"可不能这样乱骂女人呀！"

西蒙像梦游一般，开始往回走，他再也不想去村里闲逛，这里跟别处并无两样，他还是得不停地道歉、解释、自取其辱。

三　炼狱咖啡馆

工作人员确认我确实已经去世，可以获得永生，随后他引导我进入中转区。在他的指示下，我输入了四位数密码，大门应时敞开，后面是一条热闹非凡的商廊，与等候大厅和办事窗口相比，明显多了几分温暖，我不禁怦然心动。在绚烂的灯光下，不计其数的商铺整齐划一，宛如航站楼似的：免税店，咖啡馆—餐吧，报摊。还有上网区，卫生间，私人沙龙。

　　四面八方，人群喜气洋洋，熙来攘往，好像一群要去热带地区度假的游客——不过他们没有行李箱，而且是准备出发前往第七重天。几个小时之后，最幸运的人就会拥有度假小屋，可以尽情地吃喝，还可以在夜总会里夜夜笙歌，一直到时间的终结。整条廊道里，有很多沙龙专门接待入选者，上面挂着鲜艳夺目的小旗："目的地天堂。"有几个人还燃起最后一线希望，挨着商店寻找香烟，这是能让他们想起人间生活习惯的最后信物。但是，在出发区入口，礼宾小姐礼貌地请求他们放弃购买的物品，还说他们什么都不缺，而且也不允许吸烟。最顽固不化的人提出抗议，请求带点礼物送给亲朋好友：父亲母亲，祖父祖母，还有几个小时后即将在永恒盛宴上重逢的旧友故交。不管好说歹说，最终都不管用。

我漫无目的地溜达，最后来到了大楼的另一翼，这里条件要差不少。甚至还没有抹完涂料。只有几个移动柜台表明是出发区，一侧是破旧的长椅，一侧是自动饮料售卖机。来到这个区域的乘客似乎更贫穷，更忧虑，还不习惯旅行。好几个人都很愿意回答我的问题。在审核完材料并含含糊糊地告知目的地后，他们就被带往这个区域：他们将飞往临时居所，等待天堂空出位置。每个窗口的上端，都明确标注旅行的类别：黄金级入选者多少有点机会，可能很快获得永生，高级人士可能会等上几千年。至少，高级人士还可以买些东西，这也算是给他们的最高恩惠，好让他们的生活舒服一点，因为每个人都得学会打理自己的生活。

目前，我呢，并不属于任何类别。我无可奈何，只好从一条廊道来到另一条廊道，我更喜欢豪华的一侧，那里的无限制级入选者人头攒动，急不可待。这些许差异，对我并没有任何改变。我一直喜欢观察同类，我很容易就有置身事外的感觉，虽然我似乎也参与其中。从前，我穿越人海，对各色人等很感兴趣，但是并不会迷失自我。今天，我漫无目的地行走在航站楼里，跻身人流之中，他们都知道自己的目的地，或者至少愿意这样相信。

过了一会儿，我走进商廊里面的一家咖啡馆："伟大的出发"。光怪陆离的招牌下面，一派媚俗的布景，不伦不类有点像一九〇〇年的酒馆，我走近吧台，点了双倍威士忌，要多加冰。服务生看着我，面带笑容，仿佛我在调侃似的。随后，看我满眼惶惑，他回答说：

"这里没人喝酒！"

禁止喝酒！禁止吸烟！所有这些指令，颠覆了我对天堂的幼稚想法。我还以为自己身在极乐的天堂，在这里，谁都可以做自己喜欢的事情，无拘无束！我曾经想象过，在上帝的王国里，古老的箴言——"你不再拥有自由的地方，就是别人享有自由的地方"——不再有任何意义。我曾经设想过，在这里，每个人的享乐都不再有任何限制；突然，我从天堂坠入人间：为了保护死者的健康，养生的概念已经征服天堂的地盘，第一次癌症夺走了他们的性命，仿佛现在必须杜绝第二次癌症。真荒唐。不幸的是，从一来到这里，我就已然明白，跟那些倔强的工作人员打交道，绝对没有讨价还价的余地。因此，我只好凑合着点了可乐——我很讨厌这种饮料，但似乎别无选择——和三明治，塑料包装里的三明治已经干硬。然后，我找了个空位，坐下来休息。

"伟大的出发"咖啡馆，还有面对长廊的木桌，是理想的观察点。在我面前，旅行者鱼贯而来，络绎不绝。那些操同样语言的人，三五成群自发聚到一起，在完成这一飞跃之前，谁都想多少套点消息。突然，走廊里一阵躁动，只见几名穿制服的保安分开行人，就像警察要为重要人物开道似的。稍后，一行三人边聊边走，电视采访小组将他们团团包围，所有的目光都齐刷刷地转了过去。左边是一位金发礼宾小姐，右边是一位殷勤的官员，夹在他们中间的那人，正是摄像机对准的焦点。人群里发出几声欢呼，在墨镜后面，我觉得认出是贝尔纳·比诺优雅的身影。他是一家大型跨国企业的老板，在遭遇车祸之后，在生死之间徘徊了好几个月。他也是刚刚抵达，但他似乎享有 VIP 待遇，而我却无从染指。懊恼之余，我又喝了一口可乐，这时候有人开始抱怨：

"哎哟，哥儿们。这里跟人间一样啊，还是做名人、有钱人舒服！"

我转过头去，只见隔了几张桌子的地方，有一名毛发蓬乱、穿着风衣的流浪汉。这人看起来倒是消息灵通：

"您不要吃惊，我知道您是谁。在这里，消息传得很快，尤其在那些等待最终决定的人中间，就像我们。"

我还保留着几分人间的礼貌，于是问道：

"先生幸会，您是？"

"介绍一下，我叫艾尔姆·梅耶。我等了两年了，我的案子，他们还没有裁决。"

他又补了一句，像说悄悄话似的：

"伟大的圣彼得心心念念的是文本、法律、判例。因此，律师还不能达成一致。"

接着，他大声总结道：

"我就等吧，跟您一样。"

我本应该让他多解释一下自己的情况。然而，从来到这里之后，孰先孰后的意识已经逐渐淡化，我又回到了前面的问题：

"告诉我，摄像机前面那家伙，是不是贝尔纳·比诺？"

艾尔姆有点腻烦的样子：

"我才不管那么多……有点确定无疑，他直接就会去 VIP 休息厅。"

"跟机场太像了！"

"您说得对。要进入私人沙龙，必须经过严格的筛选。你可以放松，做运动，或者冲凉。甚至还可以喝威士忌！"

"操蛋！"

粗话脱口而出。搞得艾尔姆都笑了。他一副世外高人的眼神，倒让我放下心来，我继续问：

"这里跟人世一样，也存在特权？"

"你以为呢，小伙计？你以为是吃大锅饭？否，天堂就是一家公司。因为位置很紧俏，管理部门宁愿保持一定的竞争。每一名死者都想改变自己的阶层，都想步步高升。为了达到目的，每个人都必须展现才能。至少，这算是官方话语。"

在一定意义上，功德的概念契合我之前对于天堂的想法。只不过具体到贝尔纳·比诺的个案，我在想，究竟该怎么说。他倒是发家致富了，他难道不是让成千上万的员工身陷困境？作为金融体系的代理人，为了服务于少数股东，他难道不是剥夺公民的权利和财富？我醉心于古老的马克思主义话语，而艾尔姆在风衣中耸了耸肩。他了解这些愤怒，作为"新人"有很多东西需要学习，我的天真又让他觉得好玩。为了回答我，他解释说：

"哎，可能吓着您了，人家对他的期待，他做得恰如其分，他就是这样一个人。"

"在人间城市，可能吧！"

"在天堂之城，也是如此。"

后面的话让我目瞪口呆：

"其实，天堂的教义并非一成不变。确实，他们曾经崇尚公平。但是，自从弗里德里希·哈耶克、米尔顿·弗里德曼、罗纳德·里根以及其他很多自由主义使徒来到这里之后，也开始宣扬自己的理论，一切都变了样。"

"您的意思是说，今天……"

"我的意思是说，今天，在他们的影响下，完全成了新自由主义的天堂。"

也就是说，对我这种人来说，没有任何希望了。天堂并不比人间更美好。唯一更好的世界只存在于我的幻想中，艾尔姆的分析不容争辩：

"您想过没有，地球为什么加速走向毁灭？疯狂的资本主义给你的印象是荒唐的浪费，与人类的福祉南辕北辙？你拒绝相信阴谋论？那好，你做得既对又错！确实，没有源自人间的阴谋，但是，上天的力量可以依靠贝尔纳·比诺及其同类来左右人类的行动。"

又是一阵沉默。一切都原封不动：人间的机场氛围、商业空间、安保措施、旅游区域、VIP 候机厅——理想甚至已经延伸到这里。人间不过是天堂的翻版，天堂不过是人间的再现，这种印象在最细微处都得到了印证：

"临时居所：您觉得究竟是什么玩意儿？"

律师早就知会过我，我回答说：

"哎，就是难民营，好等待天堂空出位置来。"

他的额头布满了皱纹，他垂下眼帘，长长地叹了口气。随后，他悲戚地盯着我，一言不发，恐怖的意象在我的心头一一闪现。我仿佛又见到了特雷津集中营、德朗西集中营、死亡列车，我禁不住愤怒地狂呼：

"您不会是想说……"

"我可没有任何意思。别再臆想了。不过呢，您得实际一点，您也会明白，这些所谓的难民营，不过是某种天堂的'转移'形式而已。简单形象地说吧：五星级天堂满员之后，又先后开设了四星、三星、二星甚至一星接待中心，美其名曰'居留空间'，让客户觉得只不过是临时性的。"

"那些已经住过简易棚户区的人，会被永久安置在那里！"

"正是这样：'幸福的穷人，因为在天国里，他们还可以重拾曾经的生活习惯：粗陋的食物，排队的人流……'因此，这样就可以解决供需矛盾。我并不是说，供需已经接近平衡，而是说，好歹不会继续加大赤字。"

到了这个时刻，我才问起他本人的情况：

"您呢，先生，您在这里干吗呢？您的事情，为什么很难结案？"

"实际上，我作为帮凶犯下了很多令人发指的罪行。但是，我坚信，自己的行动是为了人类的幸福。属于伟大的圣彼得讨厌的那种案情。"

我还想聊下去，但是，艾尔姆·梅耶正好要去参加自我批评民主生活会。他站起身来，我对他说，希望能够再见到他。随后，按照他的建议，我朝视频空间走了过去，据他说，那里有不少有趣的信息等着我。

在 D 廊道尽头，我走进一个五十平方米见方的空间，四周围着透明的隔板。里面摆着电脑终端，有人戴着耳机，正敲着键盘。我选了一台没人的机器，套上耳机，心想上网到底收不收费。我突然想起，自从来到这里后，从来就没有人问我要过钱。虽然跟人间资本主义形肖神似，但是天国的经济模式却另辟蹊径。确实，启动屏幕之后，上面显示的唯一需求，就是要我输入身份识别号：刚刚抵达的当儿，我就被分配了一个登记号。

等敲完最后一个数字，屏幕上笼罩着一层玫瑰的色彩，让人觉得几乎有点暧昧的感觉，只见一条以我的姓氏打头的欢迎信息缓缓滑过，就像酒店客房里为你留下的欢迎词。看到这段文字，我喉头一紧，因为它明确指出，我将与"妈妈"说几分钟话——在最终进入天堂之前，这算是特别的恩惠。她在那边等着我，在那个让人心醉神迷的国度，我很快就可以与她重逢，经历我的"第二次出生"。

我觉得这个说法很可怕。自从来到这里，心理咨询师就对我许下诺言，一想到与母亲重逢的愿景，我仿佛有返老还童的感觉。但是，这又让人心生好奇。只需点击"输入"键，就可以见到这名妇女，十年前，在饱受折磨之后，她与世长辞。我们还没有来得及说的话语，她离世后那些让我肝肠欲裂的思绪，现在只需轻轻一击就可以了。虽然心里抗拒，但我还是点了下去。

屏幕马上换了背景，现出一个游泳池来，还有折叠椅、矮茶几，远处是一家现代大酒店。近处站着我的亲生母亲，她穿着泳衣，鼻梁上架着墨镜，手里端着混合果汁，正朝我这边端详。她看起来还是像六十岁，就是离世前几年的样子。她活生生的，但是晒出一身古铜色皮肤，十分夸张，也有点俗不可耐，看到她这副模样，我不禁心潮起伏。她开口跟我说话，看不出明显的惊喜（大概她早已经习以为常）：

"你好，亲爱的，看到你太高兴啦！"

我有点不知所措，一如从前，我看到的是母亲面对儿子时的那份得意，总是倾向于认为自己儿子又英俊又聪明。她可能提前了解到某些信息，自信心多少受到了干扰：

"总之，我希望，你没有干太多傻事（说到这个词的当儿，她清了清嗓子），你很快就可以和我们团聚。"

我不假思索地冒出一句话：

"能这样和你说话，简直不敢相信啊。"

面对这满怀的激情，她显得无动于衷，而且马上老调重弹，开始对别人说三道四：

"你想想啊，你父亲呢，他们让他去火炼了不知道多长时间，就为了某些污秽的事情，我压根都不知道。现在，他们让他住进了临时居所。"

"希望他不要受虐待。"

她耸了耸肩，一副无所谓的神态。我问道：

"你呢？你在上面开心吗？一切都好吗？"

母亲压低了声音回答，还是一贯的坦诚（这一次，我的确看到了她的影子）：

"说实话，有点烦。"

单看这游泳池、果汁，我也感同身受，觉得很烦。然而，她调皮地眨了眨眼睛，继续说：

"但是，不瞒你说，从遇到零和先生之后，我才找到了一点生活的乐趣。"

她说的是那个肥胖的中国人吗？他穿着泳衣，卧在她后面的躺椅上。我来不及多问，因为画面开始逐渐模糊。我还依稀看见母亲的侧影，她挥着手对我说：

"不久再见，亲爱的……如果上帝同意的话。"

然后，什么都不见了。对话中断。我依稀看见了极乐世界。我要在其中获得一席之地，如果我理解得没错，这一步需要花费很长很长时间。

我回到走廊和商店区，又看见邀请顾客赢取天堂门票的海报。这些酒店与我刚刚在视频中看到的酒店如出一辙。在天堂里，他们修建了多少座酒店？母亲袒露心声说自己有点烦，那么"极乐"究竟有何意义？赢取门票的想法，绝对会让人想起赌博、碰运气。也许天堂里已经人满为患，管理机构只得采取抽签的方式，而不是从法律层面去认真考量。最后的幻想破灭了，突然传达员不知道从哪里冒了出来，他挂着塑料胸牌，一路小跑来到我身边，气喘吁吁地通知我：

"他要见您！"

我一时愣住了，只见他一副公务员的形象，灰头土脸的，又急迫又惊慌地重复说：

"快，跟我来，他要见您！"

这个神秘的"他"，指的似乎是一种至上的力量。不管是他，还是我，一种谁都无法抗拒的力量，对其决不能有丝毫的怠慢。我甚至觉得，这个神秘存在表现出想见我的愿望，本身就是对我的提携，已然让我出类拔萃。我的心底闪过一个念头，这是否就是上帝本人。从垂头丧气到狂妄自大，一想到自己的案子还要造物主亲自插手，不由得有虚荣心爆棚的感觉。在他眼里，我的功德终于熠熠生辉？他觉得有必要向我道歉，再发给我 VIP 通行证？

我跟着传达员，急匆匆地往前走，穿过迷宫般的走廊、电梯、私人通道——他不得不连续刷磁卡。走了一会儿，我半开玩笑地挑起话头：

"您看，要见上帝，真是漫漫长路！"

传达员放慢步子，转过身来，满脸疑惑：

"怎么，上帝？"

我呢，就像得到了认可似的，自信满满地回答：

"是啊，我们是去见上帝，不是吗？"

他的回答无异于一瓢冷水，浇灭了我的虚荣心：

"您以为自己是谁啊？"

我有点尴尬，支支吾吾地道过谦，有几分失望：

"不好意思，我还以为……那我们去见谁呢？"

"当然是伟大的圣彼得！"

这一次，我觉得他是在嘲笑我，成心说俏皮话，算是回应我骄傲的罪愆。该轮到我冷嘲热讽了：

"伟大的圣彼得？我才不关心呢！"

他又转过身来，一脸严肃：

"是的，伟大的圣彼得，掌握着天堂的钥匙。另外，您看吧。"

我们远离购物廊，来到铺着地毯的行政楼道，迎面是两扇高大的名贵木门。一名传达员坐在门旁，他低调地向同事打过招呼。我看见前面挂着一块牌子："伟大的圣彼得"。

惊喜连连，我的虚荣心又开始膨胀。我绝不会是普通客户，不然怎么可能与革尼撒勒的渔夫单独面谈。诚然，这不是上帝本人，但彼得是基督教会的创始人，能够被引荐给他，我深知有多么荣幸。

向导轻轻叩门，一个异乎寻常的声音请我们进去，那声音中气十足，仿佛在深邃的空间里回荡，让墙壁摇晃，让地面震颤，在我看来，这人具有非凡的力量。毫无疑问，我终于进入超自然世界。传达员推开一扇门，示意我进入宽敞的房间，周围环绕着玻璃窗，外面是飘忽的星辰。中间位置摆放着一把黑皮扶手椅，正对着几个屏幕。突然，座位旋转了一百八十度，我看见了位列首席的使徒，他穿着一身希伯来老人常穿的长袍。他脸上蓄着白色络腮胡，流露出一丝慵懒的微笑。他又恢复了正常声音，开门见山地问我：

"您喜欢我的小效果吗？"

我不知如何回答，害怕显得粗俗无礼：

"您的意思是说？"

"颤动的大门！辽远空旷的声音！总会让来客叹为观止……"

我谦卑地笑了笑，他明确道：

"一位朋友帮我搞的。"

在我面前，神圣的老者恰如虔敬的画像。但同时，这个房间又吸引了我的目光，让人想起《星际迷航》中的驾驶舱：一座名副其实的控制塔，面朝无垠的空间，一团白云飘忽其间，无可抗拒地吸引着人们的眼球。这不是银河中密密麻麻的星点，而是一片纤维编织的星云，悬浮在宇宙之中。

西满·彼得对这个场景早已见惯不惊，他朝控制台转过身去，同时示意我坐下。他用青筋暴突的手移动老旧的鼠标，从一个屏幕切换到另一个屏幕，聚焦天堂的不同部分——酒店、沙滩、中转营，犹如一家大型商场的监控中心。尘封的渔网就放在门口，似乎多年没有用过了。我呢，我正琢磨为什么来到这里的当儿，伟大的圣彼得冷不丁地说：

"您看上去很热情……"

我并不惊奇，我仿佛又依稀看见了所谓的 VIP 候机厅，但他继续说：

"我愿意为您做点什么，只不过，我还得按程序来办，你的案子可不太好办。"

这一套假话，他会不会矢口否认？我是否还要遭受其他盘问，还要经过专家无休无止的辩论，才知道我究竟该上天堂，还是该进中转营？伟大的圣彼得什么都帮不了我吗？他说出了答案：

"我也犯过错，我辜负了基督的信任。他原谅了我。"

我脱口而出，针锋相对：

"那……您也可以原谅我呀！"

"悲剧的是，亲爱的朋友，我没有这个权力。"

他说"亲爱的朋友"，就像常人之间似的，他接着补充道：

"我已经提交请求，要让全知全能的上帝赦免您，我还在等回复。如果没有回复，律师就要接手。在这种情况下，老实说，我也不完全放心。"

我心里闪现一个问题：

"全知全能的上帝……如果不冒昧的话，他究竟在哪里呢？"

说到这里，伟大的圣彼得露出一副痛苦的表情：

"我们的问题在于，准确地说，我们自己也不太清楚。始终都漫无目的。他变得难以捉摸，好像他已经不再关心生灵的命运。"

"恼火！"我表示同意……随后才意识到说的是上帝，天地的造物主。

但是，还有一个更加迫切的问题：

"那如果没有他，怎么启示人类？怎么安排宇宙的运动？怎么打击魔鬼，怎么做所有的决策？"

圣彼得嘀咕了一下，好像深以为耻似的：

"跟大家一样。我们也是在网络中找答案！"

为了解释刚才的话，他伸出指头，指了指那团浩渺的纤维星云，它悬浮在天上，星光璀璨，宛如一个巨大的胃。仿佛他指的就是实至名归的至上力量。随后，他解释说：

"云：包罗万象，你们中间每个人的信息，几乎都无所不包。"

突然，他看起来喜形于色，仿佛是为了验证刚刚阐发的观点似的，他大声说：

"来吧，给我提个问题，什么都行！"

他玩什么呢？伟大的圣彼得让我到维基百科上去找破解宇宙之谜的答案？到下载日志中去搜罗人类的倒行逆施？通过关键词去识别罪恶？云真的已经取代了上帝吗？这个假设让人不寒而栗，我可怜的大脑顿时犹如翻江倒海一般，这位老者虽然想帮我打开天堂之门，但他又无能为力，在他面前，我不禁目瞪口呆。

四　　"大乱套"

1

幸福的重逢

一大早，西蒙·拉罗什就离开了村庄，他打起精神，决定继续战斗。他买了一张新高铁票，只有三个小时的车程，这样就免得坐廉价航班，也不用上付费洗手间。他走进中央车站的钢架结构大厅，开始在显示屏上找自己那趟车，他却发现，高铁始发站是一个刚启动的"终点站"，离市中心有十公里远。没法转火车，西蒙很懊恼，只好带着行李，拖拖拉拉来到公交车站。

十五分钟后，"高铁终点站"赫然耸立在前面，就像一艘混凝土大船似的，身上布满了硕大无朋的玻璃窗。进到站内，礼宾小姐给西蒙提供了出发指示，他更是气不打一处来。要坐高铁，就必须办理"登车手续"，这是借鉴的航空术语。换句话说，必须自证身份，提交证件，托运行李，如果超重还要另外付费。

在整个证件审核阶段，西蒙表现得很不配合，他没有找到护照（"我不知道，赶火车也必须出示护照"），然后又没完没了地与工作人员理论，对于流程的变化，他更是坏话说尽。这时候，一个智慧的声音低声对他重复：

"流程变了，你也要找麻烦。你该跟精神分析师聊聊。"

但是，另一个更加善解人意的声音反驳说：

"别，你喜欢火车，图的就是方便省事……可这些优点正在消失！"

"快点吧！"第一个声音不耐烦了，"那套关于现代性分崩离析的陈词滥调，也该停一停了。你可以以三百公里的速度回家，而你只看到了衰落与消亡！你脑子有病！"

在自动扶梯上面，西蒙来到行李区，他提出抗议，说人家想多勒索他十欧元。随后，他一边发牢骚，一边付了钱，其他旅客都诧异地看着他，智慧的声音又低声响起：

"你干吗生气？这于事无补！你可以感叹世界的瞬息万变，这已经完全超出你的控制啦。"

"但是，如果大家都保持沉默，事情将会越来越糟糕！"善解人意的声音反驳道。

"这些利害关系，你根本就无法控制，而且人生苦短。想想你刚刚消磨的三天辰光，面朝湖泊，紧邻大山，走过覆满鲜花的草场，就着落日晚照重读塞涅卡的箴言，在离开前做出引导你的智慧决策。"

一进入舒适的头等车厢，西蒙马上觉得，新的订票系统也有某些好处：旅行浑如一场奇异的赌博，订票系统让他以白菜价买到了车票。直面现实之际，这算是一个积极的信号吗？派系斗争还有完没完？如果不道歉，他能不能挺过这场风波？国务秘书答应接见他，听听他的想法，他也指望能得到支持。

他开始放松下来，打开报纸，正想浏览当天的新闻，他的目光突然停留在一个女性身影上，她在两排远的地方，正准备落座。一开始，仅仅是一个印象。随后，他仔细看了看，发现几乎可以肯定，正是这名高个子褐发女子，无意中让他深陷窘境：黛丝·布鲁诺，城市频道主持人。

西蒙不由得呼吸加快。有一刻，他心想，女记者也深入国土腹地，这是否与他本人的旅行有关联。他缓了口气，在两种态度之间，他踟蹰不决：搭话抑或隐身。随后，他猛地站起身来，朝正在往行李架上塞手包的主持人走过去，温柔地问：

"需要帮助吗，黛丝？"

他说起话来轻言细语，跟之前的鲁莽行径迥然不同。他压根没有想到，竟然找到了初次相逢时的感觉：自然而然，互生好感；心照不宣，互不设防。对这个高挑细长的意大利身段，对这个浸满清新气息的眼神，他有点如痴如醉的感觉，她转过来盯着他，满眼讶异：

"西蒙？西蒙·拉罗什？您在这里干什么？"

她的声音也流露出几分惊喜，几分幸福。

"我正想问您呢？"

他们谈兴正浓，于是和旁边的人换了座位，肩并肩地坐到一起。弄清楚了在这个地区重逢的原因——黛丝来表兄弟家度周末——之后，他们话头一转，谈起了最近几个礼拜接二连三发生的事情。

西蒙的言论散布到网上之后，他给女记者打过电话，她也希望事态能够很快平息。在编辑部，她还大发雷霆，至于把访谈片段泄露出去的那位记者或技术人员，她并没有掌握情况。但是，她压根没有想到，丑闻会吵得沸沸扬扬、满城风雨。

随后的日子，当拉罗什大难临头的时候，她也有深深的罪恶感。就因为说了几句不着调的话，嘉宾竟然遭到名副其实的口诛笔伐。就因为一时口无遮拦，弄得他声誉扫地，在网上遭人唾骂，差点没被口水淹死。黛丝心心念念纠结一件事情：帮助西蒙。她还发表声援公告，正式谴责盗用嘉宾言论的行径。后来，她还将抗议书发给西蒙，但是西蒙并没有回复。她与拉罗什团结一致的做法，在城市频道很不得人心。弗雷德和乔治觉得，她罔顾事实，剑走偏锋，想的是提升收视率。最终，还没有去乡下的时候，也就是两天前，她又拨了西蒙的电话，想提议帮助他，但是，湖边没有信号。

在这段时间里，她反复想起这个恼人的事实：要不是彼此信任，西蒙绝不会接受采访。他们之间的默契害了他。现在，因缘际会，他们又不期而遇，她问他道：

"您还愿意跟我说话？"

西蒙毫不犹豫地回答：

"其实，我觉得，您属于少数能理解我的人。"

"即便我惹了祸？"

"正是。您跟我一样，面对这场论争，我们都无能为力。我认识很多人，他们都奉行'保护私生活'的原则……但是，打着驱除纳粹分子、恋童癖或者我也不知道的什么名头，在一定程度上，他们也准备认同指控。的确，对您来说，这种思维方式有如天方夜谭。"

列车沿着河流前行，西蒙讲起了影响他日常生活的种种变化：再也不打电话的朋友，需要思考的太太，话里有话的老农妇。说起这些，他总是一副幽默的口吻，黛丝钦佩他的观察力。休息了几天之后，他又变得活力四射——只是这奕奕神采已成为引诱的武器。因为，她也感觉到，他在极力讨她欢心。在静默中，她倏然想起：

"当我还是一名年轻的左派时，人们指责'私生活'就是'生活的私生活'！"

西蒙微微一笑，仿佛勾起了他的回忆：

"是的，这就是革命原则：把一切放到台面上……"

"自我批评！"黛丝更进一步。

"您相信毛泽东思想吗？"

"不完全信，但我深陷其中，正如同龄人一样。"女记者表示同意。

"我呢，高中时，我组织了一个托派小组，"西蒙解释道，"现在看来，我觉得这很有吸引力。资本主义大获全胜，但是，我们的时代同样经历了最坏的时候：在脸书或电视上，毫无禁忌地自我揭露；芝麻大点错误，也要公开地自我谴责。"

他拒绝进一步自我鞭挞，黛丝觉得他做得对。好多次，他们四目相对，目光交接。这个女人让他觉得愉悦，他发狂似的想握住她的手。但是，同时，一个现代的声音低低地对他说：

"注意，西蒙，你离骚扰只有一步之遥。她会说，你想控制她。"

然而，另一个声音又在给他打气，他已经拜倒在她的石榴裙下，他们彼此心心相印，印印相契，他们是天造地设的一对……一场艳遇？一段爱情故事？

他觉得马上就要迈出那一步的当儿，黛丝的电话低沉地响了一声，说明收到了信息。她道歉说，出于工作原因一直开着手机，然后从衣兜里掏出手机，匆匆看了一眼。突然，她忽闪着双眼。她滑动文字，又看了看西蒙，西蒙开始忐忑不安，害怕大事不妙。

"不，放心好了。"她马上安慰道。

然而，她似乎不知所措，只是一味地盯着手机屏幕，来回滑动文字信息。又怪异又沉默的一分钟。因为，片刻之后，西蒙（他一直关着手机）注意到，在整个头等车厢里，所以人都在做同样的事情。所有目光都盯着手机屏幕，流露出同样惊诧的神色，这不是七零八落的感叹声，而是几乎所有乘客都在问邻座的人：

"你们看见了吗？"

他顿然明白，出大事了。

2

五月十四日

两小时前，疾风骤雨猛然爆发。

格林尼治时间五月十四日八点，成千上万的网友都收到了陌生邮件。网络攻击事件突如其来，差不多全世界都受到了冲击，新闻闪电般地传播开来，排山倒海地占据各资讯网站。

几个礼拜以来，就邮件僵尸复活这件怪事，专业机构已经发过警告。但直到现在，邮件也只是在发件人账户里僵尸复活。这天上午，事情出现了新的态势，公民发现，随着时间的推移，他们的电脑不仅遭到自己的老邮件入侵，而且联系人的邮件也开始任性复活，彼此纠缠，相互滋扰，保护隐私的技术屏障完全失效。

在大部分情况下，不过是一些不痛不痒的邮件。但很快就接二连三引发了悲剧，其数量也不可低估。首先热炒的事情：某位好莱坞明星的太太，在收到演员丈夫与情妇的邮件之后，正式宣布离婚。一个小时后，德国总理府发现，在谈及柏林的政策时，法国与英国的两位部长使用了侮辱性言辞。同一时刻，在税务管理机构，意识到问题的员工向上级领导请示，他们该不该使用错发给税务部门的偷税漏税信息。

面对铺天盖地的电话，接入提供商赶紧关闭"顾问"热线，启动语音服务，尽量安抚客户，宣称"团队正在紧锣密鼓地工作"。实际上，他们拿不出半点解释，也无法回答。整个晚上，技术人员轮番上阵，在电视上向公众解释，说这很可能是"技术缺陷"，恶意攻击的可能性并不大。他们反复强调，不要轻信来路不明的可疑邮件。唯一的解决办法，就是把它们当垃圾邮件处理，换句话说，直接放入垃圾箱。另外，已经组织起专家团队，会在未来找到抵御办法。

虽然有种种承诺，但在现代世界的进程中，五月十四日"大乱套"——从那天起，人们就这样指称——俨然是一场名副其实的地震。与二〇〇一年九月十一日恐怖袭击或二〇〇八年股市崩盘不同，它既没有造成很多人员死亡，也没有导致世界经济衰退。但是，在全球范围内，它扩散着莫名的恐慌，与对未来的隐隐担忧相比，这种恐慌更为可怕。它像疾病一样蚕食着每个人，让大家彻夜难眠，每天都过得如坐针毡。因为，从今以后，谁都明白，哪怕自己的一丁点隐私，都随时可能会曝光于大庭广众之下。

然而，度过了惶惶不安的第一天之后，神秘现象又销声匿迹。某些乐观的评论员言之凿凿地说，专业人士已经出手，但短暂的平静不过是骗人的表象。就像地震一样，最初的爆发总会引发一连串余震。五月十四日的"技术缺陷"只是一个信号，预示着会在更大范围内出现错乱无序。

五月十六日一大早，第二波骚扰信息开始席卷全球。入侵的文本不仅有电子邮件，还包括下载日志。在那些看似随意提取的列表上，网友的上网活动全部以链接的方式清晰呈现，并且细化到每一分钟。因此，只需轻轻一击，某位同事、亲人、朋友上个礼拜甚至五年前浏览过的网站，马上就一目了然。

　　对私生活的侵犯，简直让人难以置信，"技术缺陷"足以解释这一切吗？民众人人自危，悄无声息中，记者阵营也开始担惊受怕。他们麻木地坐在麦克风前，一想到自己的下载日志可能会从天而降，落入心怀不轨的人手里，不由得浑身冷汗淋淋。当然，大部分列表都没有什么实质性内容。但是，在某些情况下，链接的名字本身就很说明问题，比如网址中带有诸如圣战、婊子或大奶子等字眼。

　　在企业中，在单位内，不管是同事，还是领导，大家都你瞅我，我瞅你，彼此打探眼神，想知道对方是否收到某些隐私内容。他们的行为是否有所改变？他们是否更加冷漠，拒人于千里之外？他们是否发现，你一边领着工资，一边花大把时间去玩扑克，看黄色网站？与五月十四日相比，五月十六日这一天，爆发了更多家庭纠纷。欺骗，情人，情妇，激情，拈花惹草：如今，一切都放到了台面上。

　　舆论已经惶惶不安——只有少数几个独裁国家除外，在那里，上网受到严格管制，用户没有任何秘密可言，因而也得到了保护。在其他地方，当局呼吁大家保持镇定，保持理性。联合国将召集会议，以便统一采取对策。在大多数国家，要么本能地齐心协力，要么发布原则性声明，这已经成为社会的主流。大家纷纷郑重承诺，要摧毁黑客信息，决不浏览。很多公众人物也发表声明：拒绝丑闻，尊重私生活。然而，谁也不明白，为什么某些人倒霉，隐私遭到了泄露，而不是其他人。对从网络存储中涌现出的文本加以选择，跟选择它们的收件人一样，看起来似乎纯属偶然。警方急得团团转，还是束手无策。有几个装神弄鬼的人提出假设：全球网络已经饱和，如今要奉行自己的法则。最胆小怕事的人猜想：这背后隐藏着一股破坏的力量。然而，各种追根溯源的尝试，最后都无功而返。没有人宣称对此负责，官方主要还是坚持"大乱套"的假设。

五月十九日，在平静了两天之后，网上第三波泄密浪潮又风起云涌，大量短消息被生吞活剥地抛给公众。跟前两次浪潮一样，复活的常常是好几个月甚至多年之前的谈话内容；作者本以为早删除了这些短信，现在却看到它们死而复生。大部分作者既不痴迷于性事，也非恐怖分子，他们的短信交流都无关紧要，不会有多大后果。然而，某些短信可能不得体，难免会制造家庭矛盾，惹朋友生气，甚至自毁前程。在纽约、东京、巴黎，股市纷纷跳水，唯一的原因：大家对互联网的未来忧心忡忡。电子邮件，电话，监控探头：如今，几乎所有的人类交流活动都要借助数字渠道，这一切似乎会在暧昧的光线中土崩瓦解。

面对新一轮攻击，接入提供商也找不到更好的办法。客服发布的消息很简洁，说团队正在"工作"，"正在解决"问题。但是，这种安慰的口吻，谁也不会信以为真；科技警察在实验室里，忧虑重重，与日俱增，电脑中枢做了海量的计算处理，但是一无所获。成千上万的网友也来鼎力相助，梦想着能够从源头上廓清问题，有人觉得这是"网络大乱套"，有人觉得这是一场阴谋，责任在那些一心只想着透明原则的黑客。

几年前，在维基解密事件期间，美国情报部门的保密信息被泄露给大众。某些活跃组织——如"匿名者"——也都精于此道，常常对那些限制网络自由的人发动攻击……不过，目前，所有的组织都否认曾参与其中，而且还异口同声地谴责这种"对私生活的不可宽恕的侵犯"。同时，被"大乱套"牵连的信息呈暴增的趋势，但是，大部分组织都特点鲜明：耽于幻想，缺乏技术能力，与口口声声谴责民众道德堕落的"纯净伊斯兰"或"捍卫西方委员会"这种小团体类似。

那怎么办？应该到情报部门来找答案吗？难道有人故意在民众中制造紧张气氛，再理所当然地加强对网络的管制？对失控局面的唯一回应：五月二十日，联合国召开会议，最后以压倒性多数通过集体声明，强烈谴责传播、使用被泄露私密信息的行为。

3

反击

西蒙埋伏在离国会一百米远的墙角，他长长地松了口气："清剿残敌组织"没有在门廊等他。从山中回来后，他总是把车停到旁边的停车场，再步行去办公室，好看看现场的风声还紧不紧。不用再小心翼翼啦，因为斗士们已经无影无踪。街上空荡荡的。焦虑沉沉地笼罩在城市上空，网络"大乱套"让每个公民都处于等待状态，等待着网上倾泻而来的秘闻私信。

西蒙走进石块铺砌的院子，拾级登上楼梯，来到委员会办公室，女助理抬起茫然的双眼：

"我们怎么办？"

这份担忧，既不是针对报告人，也不是针对搞他的阴谋，而是针对肆虐全球的灾难。从这位女子的目光中，流露出一份对公共自由委员会职能的出奇信任。她似乎坚信，自己的老板能够控制局势，找到解决方案。在她眼里，西蒙已经重新恢复私生活保护专家的那份光环。现在形势所迫，必须集中精力处理严肃的事情，这是否意味着他的噩梦即将结束？

当初这个现象从天而降之时，想到偷看色情网站的秘密会曝光，他大概会更加胆战心惊。然而，这份纠结已经释然。全球层面的危机，严重的政治泄密，广泛的外交丑闻，这些都相对淡化了他的放荡行为。诚然，他的领导身份会受到严重质疑，这也使他成为理想的攻击目标。但是，威胁似乎已经逐渐远去。西蒙属于最早受邮箱失控影响的那批人，但是现在困扰已经不再，仿佛"大乱套"已经转向其他受害者。至少他是这么想的，即便还有很多迹象依旧在给他敲警钟，比如头天晚上的家庭晚餐。

从乡间回来后，太太和儿子改用怀柔政策。温柔取代了指责。晚餐上，西蒙还有权享用一块带血牛排，安娜的善意，他打心眼里喜欢。显然，这座花一辈子时间来打造的大厦，她害怕它轰然倒塌、灰飞烟灭。特里斯当坐在她旁边，穿着一件 T 恤衫，上面印着死人头颅和镰刀。他换了新发型，脸几乎全部被挡住了，但是他比平时更加健谈，还特意撩开头发，坚持朝父亲微笑了好几次。西蒙早已习惯少年人的情绪变化，他猜想，儿子这样殷勤，一定是有求于他，果然不出所料：

"爸爸？"

"嗯，特里斯当！"

"我想问你点事。"

"我知道，小子！"

小伙子抬起长着几颗粉刺的下巴。他被父亲下了套，于是还以淘气的目光：

"好，那就直接问你吧。"

"好，说吧，我听着呢……"

"嗯，其实，我的电脑不灵啦。我看了一款二十四英寸的屏幕，物美价廉。我心想呢……"

西蒙打断他：

"因此，你想要一台二十四英寸新屏幕的电脑。如果你挖空心思都想得到它，自然会觉得旧的不灵啦……"

他咽下一口食物，回答说：

"你看，特里斯当，这屏幕呢，我看也并不是非买不可，再说我的事还没有解决清楚，还是压缩开支为好……"

他把话说得很严重。一天又一天，安娜和特里斯当总愿意相信，一切都已经了结，生活还是一如既往。一提起潜在的麻烦，大家又陷入沉默。突然，儿子开始发话，坚持说：

"得了，爸爸，你多少还有些结余……我可清楚你那些俄罗斯娃娃！"

听他强调最后两个词，西蒙顿时僵住，叉子悬在嘴前。他经常上 poupéesrusses.xxx，去找娜塔莎，特里斯当说的是这个网站吗？儿子好像要扫除恐惧气氛，用手指了指壁炉上面的俄罗斯娃娃，父母有时候会放几张钞票在里面。但是，西蒙依稀看到了另外的假设：少年人已经收到父亲的私密信息，因此，儿子才会肆无忌惮地盯着他，他不知道如何作答。右边的安娜开始搭腔，开辟出第二条战线：

"刚才，我跟娜塔莎去了博物馆，这女孩是在脸书上认识的，人非常热情。"

西蒙拿着叉子，这一次不禁打了个喷嚏，还喷出几截意面，他连连道歉。接着，他问道：

"现在，你也跟脸书上的人见面啦？"

"干吗不呢？我明白，你不喜欢这些社交网络，它们在拿你出气。但是，它们也有好处，你会喜欢这名女子的：金发，高个儿，人又热情，从俄罗斯过来有好几年了……"

她说得有鼻子有眼，简直就像娜塔莎本人。这不会只是巧合吧。"大乱套"依旧来势凶猛。西蒙的亲朋好友可能了解了他生活的细枝末节……然而，在这种假设下，家人的反应应该更加明确，他心里一点都没谱。片刻之后，含沙射影的游戏就放到一边去了。安娜朝儿子转过身，好像做交易似的：

"屏幕的事儿，我同意你，亲爱的。但是，你跟朋友聊天的时候，不要再说我'神经衰弱'。这样可不好。"

特里斯当摇了摇头，又把头发捋到前面，好盖住涨得通红的脸庞，惊呼道：

"你从哪里看到的？你偷看我的东西？"

"我不会的，亲爱的。"

哥特风年轻人端详着她，一副气冲冲的样子。但是，安娜只是含糊其词地说：

"是小指头告诉我的！"

她撞见他正在打电话，或者收到了儿子的私密邮件？

特里斯当目瞪口呆，估摸自己的秘密已经泄露，一切统统曝光：调情行为，下单的嗨药，对老师的恶作剧……西蒙想，终于有一回，闹心事不再集中在他身上了，他不由得隐约舒了口气！他懒洋洋地离开餐桌，留下太太和儿子，任他们彼此解释。

现在，在办公室里，他感觉斗志昂扬。城市里弥漫的焦虑气氛，女助理信任的眼光，这些都强化了他的决心：网络"大乱套"为他提供了契机，既可以让人忘记他的不幸插曲，又可以充分发挥公共自由委员会老板的角色：他应该带来明智的意见，协助当局控制法律混乱的局面，否则后果不堪设想。

放在他办公桌上的报纸，概括介绍了灾难的最新动态。一切都在继续恶化，前天，一份民间小报盗用泄露的信息，揭露多位演艺界和政界人物，标题是："他们暗中的蝇营狗苟"。他们不顾联合国的保密指令，将某些名人肖像和从下载日志中找到的照片一并刊出。太生猛的细节都打上了马赛克，但结果仍是毁灭性的：低调的教育部长紧挨着一张 X 级电影的剧照，电影中的女初中生正尽情狂欢；天主教廷的发言人比肩一张神学院的学生合影，他们正在研究主教的阳物。

立马就有声音传出，谴责这种泄密行为，要求法律严惩不贷。很多有德之士和知识分子也指责媒体的方法。遭到曝光的那些人，让律师出面否认事实，说是"可耻的移花接木"。但是，当保持谨慎的呼声此起彼伏之时，铺天盖地的评论证明，事情并不是这么简单。很多人匿名在网上发言，欢呼："那些对我们进行说教的人，自己的卑鄙行为终于也被捅出来了。"成千上万的邮件要求教育部长辞职——"这个垃圾还梦想着玩高中女生！"随后矛头一转，又对准了那些要求尊重私生活的人："更刺激他们的不是行为本身，而是泄密事件。他们愿意要恋童癖，只要不说出来就行啦！"最后，天主教廷发言人递交了辞呈，还附带向整个基督教群体道了歉，键盘侠高呼胜利。

舆论分为两大阵营：一方面，有人原则上希望限制传播各类私密信息；另一方面，以民主、透明、平等为名，有人认为必须曝光公众人物的丑闻。还有人甚至呼吁展开"净手行动"，曝光所有材料，好让大家了解"强权者的真实面目"。

西蒙转向电脑，打开一个新文件夹。他觉得时候到了，应该起草一份划时代的"建议书"，重申至高无上的隐私保护原则。在私人谈话或浏览网站时，他甚至主张有权利进行某些非道德性行为。国家必须坚持这一立场，西蒙拥有无可辩驳的法律依据。报告人把政府往这个方向引导，无疑也会给其他国家指一条路。他可以做勇气可嘉的典范，战胜失控的网络。有一会儿，他觉得自己简直就是新时代的英雄。满怀的激情，推着他往前走，他一气呵成，敲完文字，然后掏出手机，拨通了英格丽德的电话。

响了几声振铃之后，电话转到语音留言信箱，西蒙急得火烧眉毛，但是转念又想：这位朋友毕竟是在最高层圈子里混，再怎么也不能随心所欲。半小时后，她回电话过来，但明显缺少热情，半是嘲讽半是腻烦地说：

"别告诉我说，你又干了傻事！"

显然，英格丽德还停留在此前那段插曲上。然而，西蒙想尽量放松。他拿出共和国公仆的热情，宣布说刚刚搞定一份大胆的"建议书"，在当下疯狂的氛围里，这是势在必行。他的文章可以大大地帮国务秘书一把。他巧舌如簧，铺陈观点，还读了草稿。等他读完，顾问只是沉默，显得很凝重，最后说：

"对不起，西蒙，但是……我觉得吧，按你目前的处境，最好还是别发这种声明。"

这伙计暴跳如雷：

"英格丽德，你不能这么说，求你了！你很清楚，我被人下了套。这事该画上句号了。今天，我要履行职责，必须勇敢地站出来，捍卫某些价值理念！"

回答更加生硬：

"勇敢，对你来说，就是道歉。那三份要求你辞职的请愿书，还一直在我们手里！不管你怎么做，对我老板来说，都会碍事。"

"英格丽德，求你啦，这是胡说八道。"西蒙也不服输，几乎满腹牢骚。

随后，他补充道：

"不管如何，都不能再这样继续下去啦！帮我安排一下，我要见国务秘书。"

"太好啦，他正好也同意。"顾问确认道。

挂电话前，她语重心长地说：

"但是，西蒙，为了你好，你一定不要署名。总之，暂时只能这样。免得惹麻烦。"

4
青云直上

　　这名壮汉戴着门童帽，就跟"西部悬崖城"里的傻子斯利马纳似的。他警惕地盯着两个年轻人，他们在对面人行道上来回逡巡，等待着最佳时机，好溜进"新时尚"的大门。

　　酒吧位于曼德拉大街的一栋楼里，算得上城里最考究的酒吧。新老板懂得组织活动，经常邀请年轻设计师来展示自己的作品。上个月，一位中国艺术家引起了轰动，他用灰色条纹覆满所有沙龙，让人想起流放犯的制服。这是演艺界、时尚界、商界的最佳聚会场所，特别适合在薄暮时分小酌一杯。正是在那里，valerie. com 事务所经理瓦雷里·M 将邀请雷德和大流士。在酒吧门口，在拦住他们去路的保安眼皮底下，他们等待了好几分钟。

　　棕发小伙儿与伊拉克青年相视一笑，说明当时的境况确实好玩。因为，这个粗汉根本不知道，全城最出名的女性，正在等待这两位年轻人。来到富人区，看到门房高大魁梧的身影紧紧把守着楼梯，有一阵子，他们心想，是不是自己穿得太过于随便，不符合这里的 dress code①。稍稍观察几分钟之后，他们终于明白，对这种要求，"新时尚"的客户压根就不屑一顾。因此，大流士打量着他的伙伴，命令道：

"走吧！"

他们假装轻松地靠近红绿灯，穿过大街。然后，他们朝前台走了几步，外面是络绎不绝的出租车和豪华轿车。他们小心翼翼，刻意不朝把门的壮汉那边看，只顾埋头爬阶梯，慢慢靠近旋转门，肉墩墩的保安穿着制服，从斜刺里闪出身来挡住去路，用低沉的声音说：

"先生们，你们需要什么？"

雷德抬起头来，支支吾吾，就像天字第一号大傻瓜：

"嗯，那也就是说……"

"对不起，你们不能进。"保安毫不相让。

他理直气壮地继续说：

"如果求职的话，已经满员。而且必须穿得体面点。"

看他说话趾高气扬的样子，雷德也决定挑衅挑衅，用随便的语调说：

"得了，伙计，你别烦我们了，我们要进去……"

"还敢用'你'称呼我。"门童扮着怪相反驳说，他的一名同事走过来，不想把事情闹大。

就在那时候，一名瘦高个女子从酒吧出来。她戴着墨镜，一头金黄头发，穿一条牛仔裤，显得很随便，她提高嗓门对保安说：

---

① 英文，着装要求。

"您看，这两位先生是我的客人呀。我们在金色大厅有约会。"

光"金色大厅"这个名字，就与客人的风格不搭。门童嘟嘟囔囔，缴械投降，瓦雷里·M带着两名小年轻进入酒店，雷德朝这个傲慢的家伙转过身来：

"你得道歉，伙计！"

另外，两个哥儿们原以为公关女王更加性感。几分钟后，瓦雷里要了一瓶高档香槟，他们心想，自己的人生肯定会从此改变。

一个月前，在"西部悬崖城"，没有在"火奴鲁鲁"三明治店附近溜达的时光，他们不过就是两个默默无闻的少年，在学校里开玩笑没轻没重，算是恶作剧高手。仅仅四个礼拜，他们就正儿八经出了名：他们的网站"作为男人的我们！"已经成为点击量最高的网站之一，开始引起公关与金融大鳄的关注。更有甚者，原本是一句玩笑话的口号，没想到渐渐掀起了轩然大波。成千上万的"朋友"发表声明。没落的艺术家，寻求纲领的政治领袖，每天都有很多人成为拥趸。网络"大乱套"催生出来的焦虑，更起到推波助澜的作用。雷德和大流士尽量说话得体，言语委婉……这样别人才不会知道，他们的斗争究竟是高贵的事业，还是恶作剧。

大流士精于电脑，正是在他家诞生了这个博客。他开始邀请网友，对"作为男人的我们！"这句口号进行自由言说。随后，无数推友前仆后继，纷纷推出自己的信念："作为男人的我们，再也不想丢脸了"，"作为男人的我们，不喜欢配额"，"作为男人的我们，喜欢风尘女子……"

睁只眼闭只眼两个礼拜之后，多个女权协会发现了这种可耻的炒作行为。大多数人认为，这不过是昙花一现而已，但是运动来势凶猛，如火如荼。千千万万人加入其中，对某些人大胆声称的"女性暴力"加以回应。在很多国家，"作为男人的我们！"团体自发形成。"作为女人的我们！"运动发言人阿达玛·罗洛发出反击的信号，提醒说性别歧视性话语要受到法律制裁。另外，她认为，她们运动的名称经过公开申报，并且受到法律保护。"作为男人的我们！"盗用她们运动的名字，这种行为不能接受。但是，在法庭上，她的申诉并没有占优势。

更了不得的是，雷德和大流士发表公报，予以回击，否认任何攻击态度，而是倡导性别和谐。他们的目标旨在结束司法、政治、媒体、社会层面的歧视，因为这理所当然赋予女性一种杰出的声音，一种独特的身份，一种受到鼓励的积极特质——男人却恰恰相反，在他们那里，一切同盟、身份、特质都会受到质疑，只会被贬损为性恶习或滥用权力。这种双重标准可以休矣。

雷德和大流士成功的传言在城里不胫而走，对他们本不入流的社区来说，似乎平添一份荣光。有人还在五号塔楼（已经没有电梯）给他们安排了办公室。他们首次接受邀请去电视直播间的时候，大家都争先恐后要开车送他们。此后，社区的自豪感更是倍增：访谈中，他们看起来热情洋溢，近乎嬉笑怒骂……从而表达某些不合时宜的观点。他们表示，在从前那些世纪里，对女人犯下的胡作非为的行径，他们压根不觉得要为此负责。在他们看来，从前的男人也不应该有罪恶感，因为他们生活在当时的精神境界中。当时很多人，虽然生活在河东狮吼的阴影里，但还是热爱女性，尊重女性……他们讲起话来滔滔不绝，毫无禁忌，带着脱口秀的天资。记者指责他们堕入性别主义，提醒他们说这是针对女性的暴力，每每这时，雷德和大流士就会表达他们对"女性"的爱戴，说话的语调又变得特别中听。最后，大流士总结陈词，呼吁"所有妇女都加入运动"。从直播间出来，雷德问朋友为什么，他回答说：

"我也不知道，我就这样想到了！"

在"火奴鲁鲁"门口，从他们首次接触这个话题开始，事情"就这样"顺时来临，起承转合，天衣无缝。节目播出后，又有女性后援团加入"作为男人的我们！"，提出"宽松女权主义"的诉求。几位积极分子还更进一步，譬如英国女大学生社团，要求"有被包养的权利"——她们认为，与职场日渐严苛的约束相比，这不失为一种更好的生存选择。媒体上的文章一篇接一篇，网络"大乱套"也日趋恶化，更有如火上浇油。各类小报不失时机地曝光个人私生活，受害者也更加团结一心。私生活透明泛滥成灾，既激化了各种矛盾，又强化了彼此团结、联手保护的需求。因为，数不胜数的专业人士、网络管理者、记者、律师被吸引过来，开始关注"作为男人的我们！"，而且愿意提供服务。

在深思熟虑之后，雷德和大流士选择了演艺界大型公关公司valerie.com。他们更喜欢这家公司的艺术定位，而不希望网站被某些经理人收购，然后再被弄得变了味。因此，他们从郊区来"新时尚"见瓦雷里·M；随后，他们在"金色大厅"高大的扶手椅上坐下来，四周的灰墙上覆满了条纹。几尊真人大小的流放犯雕塑矗立在桌子之间，凸显出"记忆的义务"。气氛并不是很喜庆，但是客户已经习以为常。

一个小时后，雷德和大流士同意将事务交给瓦雷里打理。这样分工可以帮助他们保持流行明星的那份清新。战略已经制定：两个年轻人要避免明确地阐述自己的信条，同时要继续围绕网站，整合各种心理状态、诉求和反抗的声音，这些都反映了男性深陷困境的心声。地方委员会扮演放大器的角色，但要保持自主性。雷德和大流士只充当运动的监护人，对辩论进行引导，或增添几分玩笑色彩。主要由棕发少年来做这项工作，他喜欢面不改色地高呼："作为男人的我们，我们喜欢大奶子。"伊拉克少年则代表一定形式的智慧，他向妇女发出呼吁，号召要维持家庭和平。为了开启新阶段，他们很快会录制一首歌曲，将采用最流行的推文，再加入个人的奇思妙想。

香槟开始发挥作用，两个少年坚持要让新公关总监听听开头部分。酒吧深处的钢琴师弹着爵士乐，他们合着节拍，四目相望，低声吟起他们的诗喃。雷德唱起第一句：

"作为男人的我们，我们不想再丢脸……"

大流士才思敏捷，迅速接上：

"女人让我们局促不安，我们已经厌烦。"

随着低徊的琴声，雷德开始说些放荡的词句：

"作为男人的我们，平白无故也会兴奋，

说实话，我们喜欢女孩子的屁股！"

大流士的风格更加富有诗意：

"我们亟需空气、蓝天、母亲……

但是父亲对生活费只字不提……"

一开始还有点羞涩，但他们很快就发现，墨镜后面的瓦雷里听得专心致志。随后，年轻人仰起头来，发现身边的金融家、新闻专员、演员、超模都盯着他们，不知不觉已经沉醉在歌声里。突然，一位年轻女子合起双手，做出鼓掌的动作。随后，其他客人朝他们投来微笑，似乎已经被两个稚气少年彻底征服。毫无疑问，他们会脱颖而出，成为新的明星。

5

殷勤的约会

西蒙与黛丝首次约会的秘密场所，是位于市中心的一条小巷，是一道偏僻的商廊，夹在两条大街之间。巷子顶上罩着长长的玻璃天棚，几年前，一些印度餐饮老板在这里安营扎寨。在毗湿奴塑像和花花绿绿的门帘前面，他们推出各种廉价的套餐，很适合附近工作坊员工的口味。人们可以在这里小憩，喝咖啡，还可以在东方香料铺买几个水果，或者在小店里理理发。因此，这条走廊就像是整个街区的舞台后台。

女记者之所以钟爱这个地方，那是因为除了印度餐厅之外，还有几家老字号铺子，比如这家卖帽子和雨伞的店铺，虽然那些款式已经过时，不是来自中国厂家的产品，但它们肯定在旧纸箱中跨越了漫长的时光，如今依旧能够吸引少数懂行的买家。女售货员穿着灰色罩衣，仿佛要拒人于千里之外，在五十年代的电影里，她准保能找到自己的角色。从铺子里出来，报告人向黛丝表示感谢，凑到她耳边说：

"置身这些昔日的场景，我感觉就像回到家似的。难道我被带回了童年时期的黑白世界？"

"可是，这世界并不太好玩！您看见女售货员了吗？"她边笑边反驳。

两人都雅好历史遗迹。但是，女记者之所以有这种倾向，那是因为城市里强烈的反差让她感到欣喜，而不是因为要批判现代性。她温柔地抓起西蒙的手，领着他往商廊深处走去，在一家印度小饭馆的餐桌边坐下来。他很喜欢马上就被人伺候的感觉，就像在从前的咖啡馆一样，他禁不住强调说：

"过去是属于我们的。未来呢，对我们充满敌意，因为它会将我们抛弃在路上。"

黛丝喝了一口，针锋相对：

"您总是将过去和未来对立起来！我呢，我喜欢各个时代之间神秘的契合：老旧的雨伞与工作坊的员工；一九〇〇年的玻璃天棚与印度移民。在这条商廊里，就连地理元素也非常好玩：旁遮普餐厅，土耳其理发师，英国帽子……"

"还有这些窗户！"西蒙接着说，指了指商廊上半部分，店铺上方是一溜齐整的窗户，外面都罩着木百叶。

这个细节让他欣喜若狂：

"住在那上面。每天清晨，打开窗户，面朝商廊，生活在市中心的这个秘密世界……"

黛丝补充道：

"还有更好的呢！您瞧！"

她摆动着手机屏幕：

"这里，什么也没有。我们很安全。'大乱套'跨不进这些墙壁。"

西蒙朝她幸福地一笑，随后他们离开了印度商廊，黛丝武断地说：

"下一次，该您给我惊喜了，拉罗什先生！"

这真让人绞尽脑汁。女记者抓住西蒙的弱点，非要他找一条老商廊。太多的怀旧，似乎没有必要。因此，西蒙想带她上电影院约会。去看一场前几天刚刚上映的科幻片，岂不更好。

装饰艺术馆躲过了拆迁。但是，在大厅里面，必须在互动触摸屏上购票。自助服务机取代了卖焦糖和巧克力冰淇淋的女售货员。观众先预备好多得让人生厌的爆米花，然后再朝自动扶梯走去。这些美国风尚让西蒙非常恼火。但是，正如他对黛丝所说，他又像孩子那样喜欢看好莱坞大片。他爱好莱坞电影胜过其他一切，好莱坞电影让人憧憬：那些美轮美奂的城市，那些人类永远不可企及的遥远星球，只有第七艺术才能神奇地让大家美梦成真。

一个半小时内，黛丝似乎分享着这份快乐，两个恋爱主角，在冒险经历之后，在摧毁银河系之后，开始在田园牧歌般的风景里打造新殖民地。也许很幼稚。然而，电影散场后，西蒙深情款款地看着她。他确定地说，仿佛在否定那些知识分子朋友：

"这才是电影，不是吗？"

"也是吧。"女记者同意。

随后，她继续说：

"但是，这更多还是男孩子的电影！"

他们肩并肩地走在路灯下面。他们的身体相互磨蹭，非常愉悦，西蒙假装震惊：

"什么意思，'男孩子的'？男孩子的口味，女孩子的口味？您忘记了性别理论？"

"别说粗话。"黛丝打断他。

第三次约会是在歌剧院，当时正在上演理查德·施特劳斯的《阿里阿德涅在拿索斯岛》，他们谁都没有看过。黛丝喜欢这部作品的活泼与诙谐，尤其是意大利歌手那一幕，既风趣，又细腻、抒情。西蒙买到了第一排的票，非常高兴，他浸润在乐队的曼妙乐音中，简直心醉神迷。幕间休息的当儿，他看到两个熟悉的面孔，于是害怕消息传到安娜耳朵里。为了溜出来约会，他编了个借口，说必须参加一场"慈善晚会"，这样可以改善自己的形象。他撒了谎，结婚十五年来，这可是很罕见的事。但是，他并没有罪恶感，一直待到凌晨一点，吃过牡蛎盛宴才尽兴而归。送黛丝到出租车站的时候，他们彼此紧紧相拥，毫无疑问，他们已经成为情人。

然而，他们并不是十足意义上的情人，西蒙问黛丝，什么时候可以共度良宵：

"主要是对您来说，这很困难！"女记者反驳说，"我呢，我从来就不想结婚，我觉得限制太多了。您呢，您看吧，您已经在演轻喜剧啦！"

"从古至今都有轻喜剧啊。"西蒙回应道，"这就是戏剧的财富：男人女人，你欺我骗，形形色色，这就是人类的际遇！"

"您不要认为，我想让您和太太分手！"黛丝明确地说。

"问题是，"西蒙继续说，"现代夫妻愿意相信伟大的爱情。他们看着《激情之火》长大成人。早先他们并不抱幻想。结婚几年之后，男人开始找情妇，女人开始找情人，但他们表面上还是好夫好妻。"

"比现在还好吗？"黛丝缓和语气说。

"更自然，更简单。现在，背叛已经不可能了。不然马上就得离婚，得付生活费。卖淫也受到谴责。至于网络和色情照片，也很快会被禁止。"

"您太可怜啦！"女记者趁机说。

"不，不是有您吗！"西蒙愠怒道。

随后，他又改了口：

"不管如何，从有您开始。因为您跟别人不同。您看，我们还在用您称呼彼此呢。"

"是的，先生。"黛丝确认道，"那说正经的吧：您什么时候可以让我一夜放纵？"

6

办公厅的等待

公共自由委员会报告人身穿深蓝西服，系着紫红色领带，在国务秘书处门厅等待。十八世纪风格的隔断上，装饰着仿大理石与金箔，两幅花里胡哨的大型油画提示来客，部长喜欢抽象画。

西蒙仿佛有时光倒流的感觉，那时他来这里是为了请求约见以引起关注。今天，他之所以来这里，是希望大家让他安静，将他忘记。西蒙经历了三个礼拜的危机，英格丽德终于得到许可安排约见，以便了断这桩麻烦事。实际上，丑闻已经降温，虽然还有几个人热情不减，口口声声要报告人向"妇女和同性恋"道歉。但是，当局有其他重要的事要关心。"大乱套"侵占了所有新闻空间，在这个关键话题上，公共自由专家希望提供一份分析报告，使自己能够得到原谅。

约定时间已经过去二十分钟，西蒙抖动着大腿，很焦急的样子。上次来部里办事，他只等了一刻钟。从年轻时代起，他就学会了根据等待时间来掂量自己的社会地位。任命他执掌公共自由委员会那天，恰恰是他职业生涯的顶峰——部长一分钟都没有让他等待，那是绝无仅有的一次！显然，如今，他已经开始走下坡路。

今天上午，全球各地数以万计的网友发现，自己邮箱中又出现了泄密信息，这些信息很快就会进入交易黑市；再根据网民的知名度，对负面信息讨价还价。虽然有很多抗议的声音，呼吁保护隐私，但媒体也越来越公然地大收渔利。每天，各种花边新闻层出不穷。昨天，美国副财长发现自己玩扑克牌的癖好已经大白于天下——他已经上了瘾，每天要占用大部分时间。然而，对这场灾难的解释，依旧是原地踏步，毫无进展，总的来说可以归结为三种假设：

一、失控的黑客攻击行动。

二、软件公司故意制造恐慌，然后再将新的安全防护系统投放市场。

三、真正的乱套。

然而，毫无依据支持任何一种假设，因此，西蒙也严守在电话里对英格丽德坚持的立场。国家应该宣布私人信息源非法，惩处各种泄密行为，严禁追究私密信息所涉内容。不管是离婚，还是贪腐，或者是非礼行为，概不例外。相反，当下的形势非常严峻，必须重申个人自由与私生活至上原则。每天，在办公室里，报告人履行自己的职责，起草一份又一份文件，那份认真此前从来就没有过。只不过这些文件一直留在电脑里，而西蒙又不能发声，他急切地想发挥作用。

约定时间过去了二十五分钟，传达员终于走上前来。来宾以为可以接近目标，于是舒了口气，但是等办事人员一张口，他就大吃一惊：

"出于安全考虑，请把手机交给我。这是国务秘书的指令，免得出现泄密事件。眼下这些事情……"

西蒙打量着传达员。这么谨慎的措施是专门针对他吗？他递过手机，开玩笑道：

"国务秘书真的认为我会刺探他？"

传达员面无表情，朝高大的木门走过去。听到里面回荡着沉闷、激越的金属摇滚，西蒙又是一惊。他疑惑地看了看工作人员。然而，工作人员光顾着推开两扇大门，只见空旷的办公室里，所有百叶窗都合得严严实实，凝重的昏暗沉沉笼罩。只有一盏台灯散发出微弱的光，吉他和打击乐器发出震耳欲聋的声音，回荡在四壁之间。

来客迟疑片刻。这里的布景非常奇异，掩盖了诸多原本正常的细节。在喧嚣中，在暗影里，国务秘书坐在办公桌后面，忙着签署文件。他身边的英格丽德起身迎接西蒙，两边控制台上的扬声器里，电声乐器演奏出跌宕起伏的和弦。女顾问矮个，短发，穿着短裙、皮上衣，透着从政女性惯有的那股子活力与干练。她看到西蒙志忑的目光，大声说：

"国务秘书会给你解释。"

西蒙往办公桌走了几步。共和国民选高官站起身来，与西蒙握手，为了让来客听清自己，他用高八度的声音吼着说：

"有两个同事私底下聊天，遭人算计了……'大乱套'已经搞得人人警惕！"

他用手指着扬声器说：

"与人约见的时候，我一直都放着音乐。这样呢，我说的话，就没法录音了！"

接着，他又指了指桌上的台灯：

"在黑暗中工作，免得被人偷拍。"

英格丽德和西蒙坐到国务秘书对面，中间隔着一张完全透明的塑料办公桌。国务秘书年纪轻轻就步入政坛，现在他四十来岁，古铜色的脸庞，乌黑的头发，身体看起来似乎也是经过设计而成。当着西蒙·拉罗什的面，国务秘书想摆出几分知识分子的倨傲。也许他已经打定主意，但他知道，来客执掌着一个伦理委员会，可以为他提供宝贵的建议。主宾都是很有教养的人，然而在震天响的音乐声中，不得不提高嗓门：

"亲爱的西蒙……"

这样扯开嗓子吼，再客气的话语听起来也怪怪的。他继续往下说：

"在谈对我们产生影响的事件之前，我想了解一下，对这条可怕的消息，您是什么感觉！"

西蒙已经注意到：这人正式说来算文学"硕士"出身，但没有哪句话不借用英文词，或者不犯语法错误。他一停一顿地继续说：

"说—起—这个—伊—玛目！"

他说的是发生在里昂的围殴事件。西蒙应声回答：

"我呢，可能英格丽德已经对您说过，我坚持严格保护私生活的底线……"

"怎么?"高官不明就里,追问道。

西蒙看了看扬声器,有点绝望,继而慢条斯理几乎一字一顿地说:

"泄露私—密信息是非—法—的;同样,不管出于什么目的,使—用这些信息都是犯—罪—行—为……"

国务秘书表示同意,然后问道:

"刚才您交了手机吧?"

"当然。"来客回答。

主人拿起遥控器,朝高保真系统摁了摁,压低声音,嘟哝道:

"好,我信任您。否则根本听不清楚!"

于是,他更加平静地说:

"您知道,不是所有人都赞同您的观点。某些激进的圈子,女权主义者,传统的教内人士,他们都将这次灾难视为挑战:正好是迈向透明的契机。"

英格丽德插话说:

"我插一句,国务秘书先生……"

她像律师一样直奔主题:

"正是这个原因,有些人对西蒙心生怨恨。抓住一句胡说八道的话,没完没了地和他纠缠,其实是为了算他在保护私生活方面毫不妥协的账。"

"不管怎么说,"西蒙继续道,"透明原则这个理想,简直就是疯狂。现在,我们的每一项活动都离不开数字网络,包括最简单的电话通话。如果我们接受这个逻辑,那我们整个生活都将暴露无遗！"

"我多少知道些情况。"国务秘书接过话头，"每说一句话，我都怕犯错误。每一个词，我都得掂量掂量。也就是说，我能理解您。"

这种团结一致，西蒙真没有想到。然而，幻想只是短暂的：

"但是，不管愿不愿意，我们还是生活在舆论民主当中，某些论争，我们也控制不了。我的工作就是救火。"

英格丽德看了看自己的朋友，略微有点尴尬：

"因此，亲爱的西蒙……我们认为，你必须道歉。毫不含糊！"

西蒙有气无力地接过话：

"就为了一句断章取义的话？又不是在访谈期间？我就成了罪人，把视频放网上胡搞的人倒没事？"

"我们别无选择。这是女性事业！"

"然而，风头正在慢慢过去。"

高官突然武断地说：

"请听好了，西蒙，事情很简单：要么道歉，要么辞职。我知道，现在，大家的心思不在这里。但是，您的对手不会饶过您的。这种事情一旦失控，您最终还是躲不过去。"

事情都说出来了。终其一生，不管干什么，西蒙都得背着那句话："女性事业！同性恋事业！这帮遇事烦躁症病人，我真是受够了……"他略加思考，回答说：

"我理解您的观点，国务秘书先生。我已经意识到，虽然不是故意，但确实给您添麻烦了。但是，请考虑一下这条建议，对我的事，对其他所有事，都会有好处：拒绝任何形式的解释……就连您自己，私下里也会说些不道德的话，或者浏览三俗网站。"

"拜托，拉罗什！"

"然而，其他人被抓到了。说错一句话，他们就被开除出党，压力还在不断增加。因此，必须表现得坚不可摧：对于公众人物来说，唯一重要的事情，就是公共行为。不道歉，对泄露信息这种不要脸的压力置之不理。"

对方没有再听下去。国务秘书看了看来客，面无表情。随后，他抓起遥控器，调高音量，在澳洲 AC/DC 摇滚乐团的背景音中，让西蒙结束自己的论证，而英格丽德却吼出了终极理由：

"我觉得，先生，根据联合国的建议，这条路可以为其他国家树立样板。"

她触及国家的自豪感，但国务秘书还是一言不发。终于，他调低音乐声，用神秘兮兮的语调总结道：

"不是说不乐意，但我已经做了决定。我必须谨慎行事。你们知道，当官掌权可不是好玩的事。没有福利房了；开着破车，活得跟老百姓一样；节假日，还要假模假样忙工作；说话的时候，要管住自己的嘴……你们知道，我理解你们。但是，我们得贴近时代，不能一味地幻想。因此，亲爱的西蒙，我们没有其他机会：在随后的日子里，您要么道歉，要么让贤。现在，先说到这里吧，我还有工作。"

西蒙陪着英格丽德回到办公室，她已然屈从于上司的决定：

"你得起草道歉信。就像看牙医一样，只难受一会儿而已！"

西蒙看着朋友，毫无反应。他感谢她的帮助，但他不想公开自取其辱。根据种种迹象来看，他会失去这个让人艳羡的职位，还有种种好处。随后，他可能会与太太分手，让亲朋好友瞧不起，还要遭遇经济困难。然而，奇怪的是，他反倒觉得一身轻松。大街上，马栗树开着粉红色的花，有几分节庆气息，西蒙漫无目的地朝前走。他在一个小广场上坐下来，观察周围的三五个闲人，他们有的在晒太阳，有的在喂鸟。终于，他看了看时间，发现很快就该与黛丝约会了，其他一切都不再重要，他已经坠入爱河。

7

娜塔莎

弗雷德里克酒店隐藏在一条小巷深处。一家大型商场正在翻修，施工现场挡住了酒店入口，只能从脚手架下匆忙穿过，才能钻进这条颇有穿越时间感的小巷。

从与黛丝首次在印度咖啡馆约会后，西蒙开始丈量各种带天棚的街巷。这些街巷构成的路线，大部分市民都毫不了解，他喜欢一条条去盘点。然而，他偏好这条"时钟走廊"，还有陶瓷店铺、旧书商，以及高高悬挂的时钟，它也因此而得名。对小巷深处的这家小酒店，他尤为倾心：在整个封闭的空间里，天棚罩住了生硬的光影，名副其实真有家的感觉。跨上三级台阶，就可以来到玻璃后面的门厅：沙龙里摆着一架钢琴，还有几把扶手椅。底部，螺旋状楼梯通往前台。这一切都给人温馨神秘的感觉。因此，一天，西蒙决定进去看看。他看了几间风格古雅的客房。随后，他决定将弗雷德里克酒店变为自己的爱巢。

头一天，他终于拨通电话，在二楼订了个房间。前台问他的时候，他不禁吃了一惊：

"能问问您入住的理由吗？只是为了统计信息而已。"

西蒙觉得问题很唐突，于是简单地说：

"我只是商务出差。"

接电话的女士不管不顾，继续连珠炮似的问：

"您希望要个性化接待吗？"

"什么意思？"

"嗯，如果您付费的话，我们可以提供水果篮、半瓶香槟，您可以十四点退房，而不是十一点。"

这样一说，西蒙觉得建议不错。他留下信用卡号，然后给黛丝打电话，确认好第二天的安排：一起在饭馆用晚餐，然后带她去一个专门为她选择的地方。女记者看起来很高兴。从在高铁上重逢以来，他们之间的进展算不上太快：几眼深情的对望，几次耳鬓厮磨，几个拥抱，几回亲吻。他们一直都用您称呼彼此。现在，西蒙开始策划自己的爱情之夜。

刚刚与国务秘书见过面，他就去见她。为了减少烦恼，他宁愿将国务秘书看成一个喜剧人物，成天封闭在自己的堡垒里。总之，西蒙一直拒绝道歉。但是，黛丝突然变得很严肃，要他再考虑考虑：

"也许您可以保住尊严。但是，您会失去金钱、工作、职位。不合理吧。"

看他连连叹息，她坚持说：

"您死要面子，对别人有意义吗？您要面临那么恼人的后果，就仅仅为了高贵的态度，有谁会在意呢？"

"对于我来说，这很重要。对于您呢，也……"

黛丝笑了笑，看起来很善解人意，接着开门见山地谈起另一个话题：

"顺便问问，您对这两个疯子怎么看？"

西蒙盯着她，满眼不解，她解释说：

"对了，您知道吧：雷德和大流士，这两个郊区小伙儿，成立了'作为男人的我们！'运动。这是对时代主旋律的嘲讽。"

从某个少年博客出发，西蒙依稀看见过关于这个问题的文章。但是，他愿意相信那些指责它纯属恶搞和挑衅的评论：

"不能什么都管啊，我是进步人士！"他感叹道，一副讲道德过了头的语调。

黛丝看着他，有点嘲讽的意味，他解释说：

"我不反对现代性，但是反对过度现代性。不是说因为我——在直播时间外——嘲讽了某些群情激昂的女权主义者，我就会成为女性的敌人，就会加入那些观念狭隘的人群，与他们一起战斗。"

女记者也顾不上客气了：

"没关系，她们又不是您的朋友，而且她们还要求您解职呢！我呢，这两类人，我觉得他们都很好玩。"

西蒙无动于衷，即便到了辞职的边缘，他还是坚持高级公务员的尊严。他只是同意说：

"我再看看。"

因此，十一点多，他们来到时钟走廊，黛丝已经很多年没有来了。她只记得小酒店的外墙，曾经也让她充满幻想。穿过门厅，她从钢琴边擦身而过，钢琴上摆着肖邦的曲谱，随后她跟着爱人登上螺旋楼梯。他们来到楼上，手拉手来到前台，就像两名初涉爱河的少年。

他们的房间铺着条纹状的布料，挂着绣有桂冠图案的窗帘，仿佛是从帝国宫廷剥离出来似的。黛丝喜欢壁炉上的座钟和牙雕人物。然后，他们一起圆了这个平凡的梦：打开面对商廊的窗户；观察一家接一家的店铺、黑白纹理相间的云石地面；俯身在这个自成一统——在子夜关闭铁栏门之前，只有三两个行人还在这里瞎碰乱撞——的小巷上方。

他们朝房间转过身来，他们喜欢"个性化接待服务"：水果篮，放在托架上的香槟桶。服务无可挑剔。大平板电视传出低缓的声音，给两位小情侣提供了色彩斑斓的背景，上面写着"欢迎西蒙·拉罗什"。西蒙有点后悔，当初没有报恋人的名字，不然也会同时出现在屏幕上。但是，她也许会觉得这样做太过高调。这个细节并不重要，西蒙拿起遥控器，指向屏幕下方的箭头，开始继续阅读欢迎词。

说时迟那时快，突然出现一个淫荡的画面。整个电视屏幕上，浮现出粉嫩、光洁、细滑的胴体色调。同时，扬声器里传出慵懒的咿咿呀呀和呻吟声，画面逐渐清晰起来。在一栋俄式乡间别墅里，一位年轻的金发女子直愣愣地盯着镜头，浑身上下一丝不挂。她开始说话，发小舌音时能听出斯拉夫口音：

"你好，西蒙，你认得我吗？"

他当然认得！这是娜塔莎，他最心仪的俄罗斯少女……不过再也不是电脑里的图片，而是一个活生生的人，开口就对他说话：

"是啊，是我呢，你的娜塔莎，我们一起销魂吧！"

她一边说，一边又开始呻吟，西蒙全身麻痹，仿佛深陷梦魇之中，面临危险却又难以逃脱。旁边的黛丝瞪大双眼，更不明白是怎么回事……还以为是情人想象出来的布景。她尽量温柔地问道：

"这是什么呀，亲爱的西蒙？"

公共自由委员报告人还是一动不动，支支吾吾道：

"可能是出了问题。"

他转向黛丝，哀求道：

"您千万不要相信，我希望……"

然而，这并不是信不信的问题，而是看没看见的问题。西蒙想法救场，于是走到黛丝和娜塔莎中间，想挡住屏幕，娜塔莎却继续呻吟：

"快呀，脱光光，小骚男！"

女记者设法安抚情人：

"没有，没有，我才不相信。但是，您可能已经习惯在这里……打发寂寞的夜晚。"

"绝没有！"他愤怒地高吼。

"我只是想找个解释的理由。"她总结道，一脸的温柔。

"这肯定是他们的'个性化接待服务'，"西蒙回答说，"我不该说自己是出差商务人士。他们抛出了色情画面。"

黛丝目不转睛地盯着他。然后又略带嘲讽地说：

"那您不大喜欢这种俗里俗气的年轻金发女郎！"

实际上，她一头褐发，也算高雅。但是，怎么承认对另一位只是意淫呢？悲剧的是，他们身后的娜塔莎激情不减，喋喋不休，要证明自己的俄罗斯身份（是她本人的声音吗？）：

"别再让我等啦，我都湿了！"

"够了。"西蒙吼道，他终于笨拙地抓起遥控器，把电视关掉。

接着，他厉声说：

"这家酒店的员工会收到投诉的。"

黛丝提出另外的解释：

"也许不是他们的错。在'大乱套'时代，什么都可以发生。"

她倒是很善解人意。但是，西蒙很想弄个水落石出，于是拨通前台电话，怒气冲冲地质问：

"电视上是什么玩意？太可怕啦！"

"我不知道，先生。"前台小姐感到莫名其妙。

随后，她稳重地说：

"出于保密原因，我们全采用自动化'接待'服务。通过您的信用卡号码，可以在网上找到您的个人信息，然后直接发送到您的房间。我们还从没有接到过投诉！"

"个人信息？您倒是很快会收到一条。让我律师发给您！"西蒙吼道，随即挂掉电话。

他转过身来，可怜兮兮地对着黛丝，黛丝忍不住扑哧一笑：

"个人信息？他们这样说吗？听我说，西蒙，这个……娜塔莎从哪里来的，我才不关心。泄密行为，我并不感兴趣。"

他耷拉着脑袋，宛如丧家之犬：

"不是泄密。什么乱七八糟的！"

"就是。我们别说这事啦。"

说到这里，她凑到他身边，报告人明白，她并没有说谎。从首次相逢开始，在隐私权问题上，他们就达成了共识。面对"作为女人的我们！"的宣言，他们优先考虑的是私生活——即便这困难重重。西蒙想赶紧忘记娜塔莎的画面，于是紧紧搂住黛丝，轻轻地爱抚她。似乎水到渠成，但是他心不在焉，心思还飘在别处，就像一个受到侮辱的男人，一个既有责任感又有犯罪感的西方汉子。黛丝想鼓励他，就像玩游戏似的，操起斯拉夫口音，开始发小舌音：

"要我吧！"

西蒙马上想起又可怕又淫荡的俄罗斯少女，他垂下双臂，嘀咕道：

"不好意思，黛丝，我不行。"

"没事儿。"女记者低声说。

再多等会儿，就没问题了。但是，西蒙似乎想提前认输：

"说实话，我感觉不在状态。我想，还是改天吧。我陪您去坐出租车。"

她一直拉着他的手，他结结巴巴地说：

"我爱您，好像很久都没有这样爱过了……我希望一切都完美无瑕。但是，这些图像坏了我的事。"

"我理解！"她说。

随后，她吻了他的嘴唇。

她不再坚持，他们一起走出商廊。但就在出租车离开的一瞬，西蒙后悔不该放她走。等到深夜时分，他们还可以补上功课。幸福本来触手可及，为什么表现得那么拙劣？

现在，他必须返回酒店，因为他已经向太太撒了谎，只有等到第二天晚上才能回家。浪费了欢爱的机会，他独自待在房间里，兀自对着水果篮、半瓶香槟、空荡荡的大床。电视机肆无忌惮地瞅着他，他最后忍不住打开电视，想搞个明白。屏幕上，又出现了娜塔莎的身影，这是从他的网上账户搜索来的，再与信用卡号拼凑在一起，这种个性化的场景设置，旨在为入住的单身男士提供色情服务。这真的是错乱吗？她就在那里，全身赤裸，吮着手指，随时准备投入享受：

"现在，我觉得你已经情不自禁啦，西蒙。我来帮你解决吧！"

8

礼拜天,我们微笑

西蒙一整夜都没有合眼。拂晓时分,他才终于沉沉睡去。醒来的当儿,已近正午时分,时钟走廊里早已熙来攘往,上扬的喧闹声传到他的耳朵。他首先想到的是黛丝。他拨通电话,随即又挂掉,心想再怎么解释都很拙劣。如果还想给自己留点机会,那就必须多一点手段、幽默、疏远。他也不想再跟前台较真,害怕其他私密信息通过信用卡号泄露出去。

他还了钥匙,走进商廊,西服皱巴巴的,蓬头散发,夹在凑近橱窗东看西看的行人中间往前走。对他来说,街头已经失去魅力。陶瓷商店,铜版画铺子,他都漠不关心。他头都不回地朝办公室走去,想去那里等一等,然后再回家。

国会大厦位于老城区另一端。西蒙一直喜欢这个街区,街道的名字都饶有情致:公鸡大街,面粉商大街,割喉大街。那里既没有公鸡,也没有面粉商,更没有割喉人,但有很多小酒馆、香料铺、舞蹈工作室、艺术和实验电影工作室、专业书店。但是,这里跟别处一样,新的入侵现象突飞猛进:各种服装、墨镜、手包品牌,已经占到一半的房租。在布尔乔亚-巴塔夫大街入口处，一道金属栅栏挡住了车流，上面挂着一条横幅：

礼拜天，无车日

几年前，公共自由委员会报告人就把汽车看作祸害。今天，市政当局倡导自行车、有轨电车，甚至旅游列车，游客已经将这个历史街区变成休闲公园。西蒙·拉罗什还没有醒过神来，看到这种情景不禁心生厌恶。他讨厌这些措施，让城市失去了活跃、忙碌、勤勉的色彩。在金属栅栏两侧，两位市政管理人员穿着 T 恤衫，上面赫然印着口号：

礼拜天，我们微笑！

在他们身后，布尔乔亚-巴塔夫大街人头攒动。行人、婴儿车、自行车、滑板、溜冰鞋、轮椅，熙来攘往，挤满了街道和人行道。有人步行，有人滑行，有人打电话，从一家家店铺前面经过，店里卖的商品又丰富又单调：男裤女裤，Hello Fun 上装，Friends 男衬裤，Loli et Lola 长裙，得克萨斯牛仔服，还有很多打着英文牌子的亚洲商品。知名品牌的卖场更大，它们邀请顾客去选购雷朋眼镜、耐克帽、Gap T 恤衫、Zara 西服、阿迪达斯鞋。在布置得精致完美的橱窗后面，销售人员仿佛都是海选出来的演员。

西蒙分明有一种印象，就跟几个礼拜前在外省出差的感受相同：他不像是行走在城市里，而是在一家露天超市。如今，还设立了几家全球大公司总部。人行道上，不过是一连串的缩写字母——从一座城市到另一座城市，始终千篇一律。在大商场的通道上方，一座老宫殿的塔楼在阳光下熠熠生辉，但是，这座历史建筑已经泛白，经过翻修之后，本身看起来就有点矫揉造作。在下一个十字路口，"美丽潮汐"鱼行里面挤满了杂七杂八的渔民，还开着一家智能手机店。五十年代的电影院里，隐藏着一家健身中心。广场小香料铺的门脸还是原封不动，但摇身一变成了精油商店。旧世界依旧无处不在，就像一道道布景，已经植入全新的世界。在这条满是伪装的大街上，西蒙觉得自己就像一位饱经风霜的老人，陷落在陌生的滚滚人流之中。

有人骑着自行车，在人流中间左突右撞，碰到了公共自由委员会报告人的肩头，差点把他撞倒，他大声呵斥："混蛋。"对方回过头来，年轻的脸上堆满笑容，似乎在对他说：

"别生气，老爷爷，这条街上没有汽车，生活多美好啊……"

就在那时，一位慢跑的妇女朝西蒙投来开心的表情，似乎提请他要谨守规矩：

"礼拜天，我们微笑！"

不再是一座城市。不再是一段生活。西蒙差不多刚从头天的噩梦中走出来，现在感觉又在经历另一场梦魇。所有居民都齐齐到来，在同一时刻，回应市政府的呼唤，回应微笑礼拜天、无车日和世界品牌的感召。大人小孩，男女老少，异性恋，同性恋，戴着面纱的妇女，剃着光头的男人，谁都没有缺席。有些年轻夫妇推着硕大的婴儿车；有些夫妇则更加随意，把小孩子兜在胸前，或背在身后；少年人踏着如飞的滑板；残疾人坐着高端轮椅逢人便超，这是步行街上唯一允许的机动装置。通过符合新标准的特别通道，他们轻松地溜进店铺，去看服装和太阳镜，就算坐着轮椅，也给人一种运动感十足的气息。

无疑，这算是进步。西蒙还记得，在童年时期，那些参过战的伤残老兵都拄着木拐杖，看起来怪可怜的。这些新建的残疾人通道，这些电动轮椅，这些又自豪又自由的瘫痪病人，这个又忙碌又透明的世界，对于这一切，他本应该感到欣慰。然而，他不禁纳闷，为什么自己的感受全然不同：恍如置身一支原地踏步的机器人大军，自己只是局外人。

9

作为男人的我们！

钟声敲过十二点，西蒙来到国会附近。他戴着胸牌，礼拜天也可以进入办公室，他打算在那里打发下午的时光。五点左右，他会再见到安娜，结束这场可悲的喜剧，说才从一场"大乱套"研讨会回来。在黛丝面前，他曾经炫耀和维护双面生活的魅力。现在，他觉得自己双倍地可怜，既在情人面前丢脸，又不得不对太太撒谎。一段时间以来，为什么他那些小算盘最后总是演变为灾难？

他还是昏头昏脑，但已经饥肠辘辘，于是决定去吃点东西，再回办公室。周边只有一家比萨店在营业。店里面的大型电视屏幕正在播放体育和音乐节目。西蒙心想，娜塔莎还会再度现身，会当着其他客人的面对他撒娇。然而，他心知肚明，灾难总是出其不意地降临，很少会以同样的方式发生两次。他坐下来，并不太害怕，点了一个乡村风味比萨。随后，他两眼空空地看着足球比赛、汽车拉力赛和网球比赛综述。

体育新闻之后，开始了一个综合节目。西蒙吹了吹滚烫的咖啡，只见演播室里走进两名年轻人，他们满面春风，看起来生活很滋润：一个笨手笨脚的棕发胖子，穿着一条宽大的裤子，裤子在膝盖上方勒了一圈；一个身材颀长的漂亮东方人。两人穿着同样的 T 恤衫，上面印着"作为男人的我们！"。观众席上一片哗然，主持人介绍说：

"我很清楚，他们的观点不会对所有人的胃口。他们说话口无遮拦，但至少可以引发辩论！请大家欢迎雷德和大流士。"

西蒙一阵惊愕，想起了与黛丝的谈话。在摄像机前，在完美的舞美设计里，支持者纷纷起身，鼓掌欢迎，反对者则吹口哨，喝倒彩，满脸的敌意。主持人提高嗓门，压过现场的喧闹：

"好，很多女士都非常生气。但是，我也认识一些支持这个'男人抵抗'运动的女性。"他说得更加具体，一副揶揄的口吻，"年轻人，这就是你们倡导的东西吗？"他问了问身边的两位嘉宾。

"是的，"棕发男孩回答说，"一切的开端，都源于那份禁止色情宣言，源于那个'作为女人的我们！'运动。"

观众席上响起零星的掌声，似乎是赞同女权主义的诉求。可是这个——名叫大流士的——英俊、自负的东方人，非但没有觉得局促，反而继续侃侃而谈：

"我们呢，我们觉得这很怪异。女人可以花时间'作为女人'来言说……但是，她们却不接受男人'作为男人'来思考这个观念！"

棕发搭档立马接过话头：

"从网络'大乱套'以来，更是每况愈下：每天，媒体都会谴责某些男人，说他们是流氓、淫棍、罪犯。这种侮辱，真是让人受够了。"

话一句一句地往下说，口哨声和掌声此起彼伏，来回交替。一方面，西蒙讨厌这种媒体节目，成天兜售些乱七八糟的玩意，包括反对女权主义的大男子主义漫画形象。另一方面，就像黛丝强调的那样，这两个年轻人是初生牛犊不怕虎。一直安安静静、满脸微笑的大流士坚持说：

"在她们眼里，男人的性不过是暴力，不过是邪恶……但是，她们之所以反对，不过是她们自己想主导而已。"

"那您主张什么？"主持人问。

"结束这场战争。我们希望男人开心，女人幸福……"

"不管如何，我们可以说，你们的香颂已经炒热啦！"主持人欢呼道，仿佛这句话就是圣礼一般。

"真是乱七八糟。"西蒙心想，叹了口气。

几个月以来，他都努力想表达关于性别战争的微妙观点。他摆了很多精彩的证据，反对剿杀色情作者。结果：因为说了几句不着调的话，就遭到万人唾弃。相反，这两个年轻人选择了娱乐圈，他们的言论很有漫画效果，但是，他们的话语贴近当下，所以受到追捧。

音乐声响起，两个郊区孩子站起身来，手拿麦克风，开始演绎他们的香颂宣言，两周以来，这首香颂在排行榜高居不下。伴随着悠扬的节奏，棕发少年唱起第一句：

作为男人的我们，我们不想再丢脸……

随后，褐发高个男孩接了下去：

女人让我们局促不安，我们已经厌烦。

两个音色不同的声音，你来我往，交替演唱：

作为男人的我们，平白无故也会兴奋，
说实话，我们喜欢女孩子的屁股！

有时候，大流士朝观众尴尬地笑笑，仿佛是为了原谅搭档，随后继续唱道：

作为男人，我们不大
喜欢道德，
我们宁愿建构
而不是围剿邪恶……

为什么这条信息能行得通，而西蒙的信息却不行？他太钻牛角尖吗？他不想承认，但是对两名歌手心生嫉妒，在这个与他唱反调的世界里，他们是那么如鱼得水。屏幕上，一条一条的建议纷至沓来，雷德则更进一步，操起拙劣的语言：

作为已婚男人，我们喜欢醉驾……

大流士更有政治头脑：

作为国家官员，我们讨厌配额……

观众席里，有人站起身来，或欢欣，或愤怒，搭档继续唱下去：

作为男人，我们喜欢看
女人养孩子！

"什么玩意！"西蒙心想，还是忠于自己那套温和的女权主义理论。棕发少年狡黠地看了看摄像机：
"总之，是她们想要孩子！"
在他身后，东方人又合着节拍唱道：

我们亟需空气、蓝天、母亲……
但是父亲对生活费只字不提……

枯燥的信息，乏味的韵脚。得了，现在。西蒙急着想回到书房，伸手招呼埋单，但女服务员沉醉在香颂之中。公共自由委员报告人有点着急，坚持说：

"有请，小姐。"

服务员没好气地看了他一眼，意思是说："我才不是为您服务的呢，我又不是小姐。"她慢吞吞地走向收银台。屏幕上，魅力四射的褐发高个男孩收尾道：

作为男人，我们只希望
一心爱你们
你们也爱我们
不要杀害我们……

刚唱到这里，服务员过来把账单扔到桌上，西蒙道了声歉，随即付了钱。

10

西蒙之死

上了年纪，他有时候想自杀。自杀的好处显而易见，比如，人过了五十岁常常疾病缠身，这样就可以摆脱痛苦而不确定的种种治疗。对于他的时代来说，死亡的愿景同样让他变得更加苛求：对当下的负面看法，似乎可以帮助他毫无遗憾地迎接死亡。在年轻的岁月里，他觉得这种观念很懊恼：他死后别人还可以生存。所以，对于那些让人类与其共同沉沦的猛兽——希特勒——他能相对地理解！但是，自杀计划超出了他的胆识，西蒙只是简单地梦想着能够宣告：我离开你们毫无遗憾，因为我讨厌你们的未来。他相信世界正日渐没落，这种信念就像一种生理反应，天经地义地帮助老人承受死亡的降临。

不幸的是，西蒙也看到了自杀的不足之处。选择什么手段，这是一个揪心的拷问，没有触手可及的现身说法，单是想想就让人不寒而栗：上吊的效果，溺水窒息时的绝望，坠楼的感觉，毒性发作时的五脏欲裂。其他细节更让他寝食难安，仿佛需要一种奇怪的死亡阅历似的。因为，他不想强迫太太发现自己死在浸满血污的浴缸中，也不想让地铁司机直面将自己压成肉泥的场景，更不想让淘气的子弹击中太阳穴或口腔。只剩下某些可靠的化学方法，比如处决死刑犯的路数，抑或安乐死的手段，但又不得其法。

在心底闪现的各种念头中，那天，他想到要选择一个地方：他与黛丝度过人生最美妙辰光的印度商廊。他希望在那里平静地辞世，在一尊石膏大象的暗影里，在茶碗中放入神奇的药片。他想到要事先在案头留下遗言，一份是留给他深爱的人们（"谢谢你们，让我的人生温馨而幸福。因为你们，我这一生活得很值，我可以平静地离开了"），一份留给那些愚蠢、可恶的人，正是他们毁掉了他的人生（"离开你们，我非常开心，从此再无遗憾"）。

然而，虽然有这种种心理投射，西蒙还是要面对一个更加坚实的障碍。因为，虽然焦虑重重，职场失意，在黛丝面前备受侮辱；虽然这个世界不堪入目；虽然到了身心疲惫的年纪；鉴于这一切，当然还有其他千般理由，他都该一走了之……但是，他感觉到，求生的荒唐欲望一直支撑着他，这种欲望甚至与生命本身混为一体，带给他奇异的快感：清晨的声声鸟鸣，一本好小说的跌宕情节，《阿里阿德涅在拿索斯岛》的盎然兴味，靠在安娜身边入眠的恬淡安闲，梦想着在黛丝怀中醒来的心驰神往。这种生命的兴致支撑着他，日复一日，绝对胜过了悲观的想法。西蒙喜欢生活，讨厌他的时代。相反，很多人喜欢他们的时代，对未来非常执着。但是，他们觉得个人命运多舛，要不断给自己打气，还要到精神分析师那里去寻找出口！

走到穷途末路之时，他又想起了爱人的建议，终于开始草拟道歉信，这虽然伤了他的自尊，但所有的问题都可以迎刃而解。他不由得一阵乐观，认为什么都不会失去。虽然经历了灾难，"世界上一切都会十全十美"，正如潘格洛斯对老实人说的那样。

他爬上椅子，伸出手臂，急切地想在书架高处找到伏尔泰的书。就在他刚刚抓住书的当儿，椅子突然晃了晃。也是该倒霉，他本想直起腰身，却轰然摔倒下来，脑袋撞在茶几角上。好几分钟时间，他的身体卧在地面，还有些知觉，再后来就一动不动了。就这样，直到星期一早上，女助理才发现他，还有放在他身边的《老实人》。

他死得猝不及防，媒体做了简单的报道，回顾了公共自由委员会报告人的生平，最近几个月以来，晦气的言论让他的职业生涯蒙上了污点。黛丝伤心欲绝……转念又想，这人生来就不会享受幸福。多年之后，特里斯当后悔当初没有更好地了解父亲，但是从父亲的事故中，他得出了教训，书籍是危险的东西。

西蒙·拉罗什撒手人寰，无缘经历"大乱套"的结局。第二周，一群网友掌握了无可辩驳的证据，证明祸端在于美国国家安全局的操纵，"大乱套"也告一段落。流行电影经常选择这类主题：军方制造出失控的病毒，然后错误地传播到民众中间。诚然，在虚拟领域，某些危险的研究工作已经开展多年，旨在精准破坏目标。这些工作促使精英研究人员到网络储存中去搜罗大部分公民的不堪档案。不过，致命的工具超出了发明人的控制范围，开始无序地行动。一开始，华盛顿当局矢口否认。面对海量的证据，他们才开始威胁说，要严惩那些盗用秘密信源的人。终于，在全球的压力之下，他们承诺尽一切努力，寻找解决方案，还赌咒发誓说下不为例。两个礼拜之后，关于俄罗斯独裁升级的信息又排山倒海而来，分散了公众的注意力，西方世界开始同仇敌忾，携手应对来自东方的威胁。

五　地狱列车

等待决定的当儿，我猜想，我在这里的逗留将会无限期延长。我开始喜欢这种航站楼的氛围，与圣彼得见面之后，我又开始信步溜达。我坚信自己能得到特别的保护，我不再担心上帝的审判。对自己的鬼精灵（按诽谤者的说法，就是"我的心计"），我充满信心，我开始琢磨有什么办法能获得更好处，尤其是要进入 VIP 休息厅。为了达到目的，我对管理人员说，罗马教廷的创始人单独接见过我。总之，我越来越游刃有余。另外，到游泳池边与母亲团聚，在俗不可耐的大酒店里等待时间的终结，这种想法对我来说不名一文。对天堂的依稀所见，让我更喜欢自己身处的炼狱。然而，现实无情地将我套牢。

我到"伟大的出发"咖啡馆去喝咖啡，刚刚坐下来，就瞥见德雷克·鲁宾斯坦的身影，也就是第一天自称我律师的那名男子。我之所以说"自称"，因为严格来说，他并没有为我做过任何事情，而且也不讲信用，再也没有和我见过面。我觉得，圣彼得身边的天堂管理机构可能不让他再插手这个案子。然而，天堂管理机构并没有现身，鲁宾斯坦却选择在这个时候露面。他翻阅着一沓厚厚的文件，我不知道，他是偶然来到这里，还是专门为了来见我。我走上前去，和他打招呼，他头也不抬地说：

"啊，终于！您来了！"

随后，他有点尴尬地看着我，仿佛为自己的食言感到羞愧。我天性敦厚，马上安慰他说：

"别担心，律师，大家都很忙。"

他向我点头致谢，随后又露出一副窘态。我猜测，对于我的平步青云，他并不知情，于是禁不住放出话来，带着孩子般的虚荣：

"您可能还不知道，我见到了伟大的圣彼得！"

我以为他会震撼。而他只是叹了叹气：

"那个骗子！他又给您耍了摇门的把戏吧！"

听到这话，我的自信一扫而光。一名普通律师，胆敢嘲笑使徒的首领？他是想侮辱我吗？是想贬低我的成功，凸显自身价值吗？我有点恼火，想把他拉回现实，于是用客户那种急切的口吻问道：

"那您有什么消息吗？"

鲁宾斯坦专心地看着文件，嘀咕道：

"其实，我是来告诉您，我不再管这事了。我必须将您的材料转交主管部门。"

我猜得不假，他不管事了。因此，他才对圣彼得出言不逊。他肯定眼红我，所以巴不得多拖几个月，把我的案子忘掉，也不想我加入优先客户的行列。他就像一名可怜的缮写员，抓起一张表格，递给我，解释说：

"一道小手续！请在这里签字。"

他把笔递给我，指了指表格下方，没有再说话。

我迫不及待地想处理完这些细节，于是马上签了字。随后，德雷克·鲁宾斯坦立即将材料放入公文包，说道：

"现在，如果您愿意的话，请跟我走。要把您交给我的……继任者！"

你瞧，这事多让人恼火。但是，这些决定，我也左右不了，我只得跟着他走进错综复杂的廊道。然而，他似乎有点心事。我分明感觉到了，突然，他打破沉默，满怀同情地问我：

"您已经见过妈妈了吗？"

他不用再管工作。难道是没话找话？我懒得回答他的问题，倒宁愿挑起话头，让他说几句：

"告诉我，律师，程序到底走到哪里了？我能很快出发吗？"

鲁宾斯坦一言不发，朝左边转过身去，走进行政楼道，来到一扇门前，停下脚步。他严肃地看着我，说道：

"我已经尽力了，请相信我。但是，事情超出了我的能力范围。"

他掏出电子胸卡，靠近门边，门应时打开。随后，他一边示意我进去，一边说：

"祝您好运，伙计！"

这是我听见从他嘴里说出的最后一句话。

门关上了，我置身室内，迎面是一个办事窗口，跟之前交流的窗口毫无二致。程序似乎已接近尾声。无疑，我的功德得到了合理评估，加上排名第一的使徒也介入此事，所以加快了办案的速度，以便给我最终的极乐。我必须像接受恩惠似的接受这个结论，在这个充满不确定性的中转世界里，虽然我更愿意多逗留些时日。

我一边朝窗口靠近，一边看了看墙上的海报，海报上那些为暴发户建立的岛屿，如同迪拜的地产广告一样赏心悦目。接着，我想，在那边，我也得自我适应，树立自己的风格，安排自己惬意、恒久的小日子。我在办事员对面坐下来，那是一位讲英语的年轻女子，就跟第一天碰到的礼宾小姐一样。她问了我的身份识别号，记在小纸条上。她输入二十七位数字，随后开始在键盘上操作，再报出我的身份，我进行了确认。沉默几秒钟之后，她紧紧地盯着我，那眼神比鲁宾斯坦还要紧张，此时此地，仿佛传达出一种非比寻常的同情。接着，她轻启嘴唇：

"对不起，先生，您的申请被拒绝了。"

我一时无语。这一次，我从天堂跌落下来。从死亡那一刻开始，我一直就准备着升入天堂。三两个细节，耽误了办事程序，但是圣彼得对此充满信心，我也吃了定心丸……这一切，不过是为了了解，我的申请遭到拒绝，所有的办事程序必须重新再来，就像周而复始推巨石的西西弗斯。在这里待上几天，几个礼拜，也许几个世纪，说到底，这事倒并不让我为难。但我不理解的是，我的材料为什么遇到那么多麻烦，我忍不住询问那位女士：

"那为什么必须从头再来？"

她盯着我，茫然不解，一直挂着又友好又歉意的微笑：

"什么意思，从头再来？"

"是啊，重新申请，走程序，见律师，让他们讨论我的案子。"

"可我已经告诉您啦，您的申请被拒绝了！"

"这么说来，不用重新开始啦？"

"不用，您可以离开啦！"

"我离开？去哪里？"

"就是……地狱啊，先生！"

此话一出，宛如平地惊雷。在这个女人面前，终于了解到自己在劫难逃的地狱人生，我顿时石化。这个可怕的决定，我怎么看都觉得不可能，然而，她绝对口无戏言。全完了。我将万劫不复，被小火慢烤，遭受最残酷的刑罚。我到底犯了什么错，才落得永远不能翻身？从我嘴里，只蹦出一串含含糊糊的单词：

"但是，您可能……弄错了。是我的名字吗？他们到底写了什么？"

"我只能宣读结论……"

"快点，有请。"

我还坚信是哪里出了错，她凑近屏幕，小心翼翼地说：

"我们对嫌疑人诚信的怀疑，最后都得到了证实。对云中的各种档案，我们进行了深入调查。显然，针对黑人、犹太人、罗姆人、布列塔尼人，这名男子曾经多次开十分过火的玩笑。"

他们不会拿这些事来惩罚我吧。我惊了一跳，还想辩解：

"我也拿美国人、德国人、英国人、比利时人开过玩笑，夫人。每个民族背后都有滑稽的故事。"

女办事员不怀好意地看着我，继续读道：

"更宽泛地讲，这种言论，打着开玩笑的幌子，实际上宣扬的是被法律谴责的理念，比如存在各种种族。奇怪的是，嫌疑犯——一直用的是幽默的借口——对希特勒和其他种族屠杀犯抱有好感，这些言论更为严重。显然，最糟糕的还是关于女性和同性恋的声明。这些在不同场合发表的言论，全都保留在网上，电脑里也存有草稿，它们都倾向于让人认为，存在一种典型女人，或一种异性恋标准男人——这两个概念都同样受到谴责。各种惊人之语恕不一一罗列，只聚焦一句最蒙昧的话语，便可窥豹一斑：'女性事业！同性恋事业！这帮遇事烦躁症病人，我真是受够了……'最后，此人虽然模棱两可地道了歉，但似乎只是出于个人和家庭利益的考量。"

说到这里，她停了下来。接着，她决绝地抬起头，总结道：

"我觉得，没有什么需要补充了！"

在堕入恐怖的地狱之前，我还可以待多长时间？我用哀求的目光看着女办事员，问道：

"连上诉程序都没有吗？"

她冷冰冰地回答：

"没有，直接下地狱！即将出发，二十三号门。"

说完这句话，她就把我扔到一边，对着大厅喊道：

"Next①！"

二十三号门就在大厅底部。还没有直面我的命运遭际，我先就

---

① 英文，下一位。

瘫软在塑料座椅上，其他要下地狱的人也正在那里等候。

我本可以逃跑了事，回到等候区——但是，我刚才跨过的那道门，这一侧压根就没有把手。一旦进入闸室，就只有直接出发。

我怎么落到了这个地步？真的该这么残酷地对待我吗？难道我比别人差？这些问题在脑海里来回打转，却百思不得其解。这时候，我听见一声尖叫。窗口前，一名妇女蜷缩着身子，对工作人员说：

"发发慈悲，求您了。我不想下地狱。"

只听见一声干脆的回答：

"之前早就应该想到呀。"

她开始抽泣，又赌咒发誓地说，她不想见到丈夫。突然，她双手合十，做出乞求的样子。就在这时，两名保安走上前来，使劲地拽着她，朝二十三号门拖过去，在撕心裂肺的哀求声中，那名妇女不见了踪影。

我也很害怕，但抗拒无济于事，我不想留下一个胆小怕事、谄媚求荣、哭天抢地的男人形象……"早就应该想到"，正如女办事员所说。我大概应该做得更好，应该严守教理规则。十岁上，这些规则我就能倒背如流，后来却又轻轻松松地将其忘到脑后，而且还故作清高，斥之为"迷信"。现在，我自食其果，只能承受。

我来到门槛边，最后看了一眼即将离开的这个世界。接着，我吸了口气，推开二十三号门，径直走向那个等待我的火焰与血泪交织的深渊。

来到门后面，我不禁大吃一惊，只见一个老火车站台，跟童年

171

时期的火车站台并无两样，旁边停着一列色泽斑驳的暗绿皮火车。一切似乎都很平静，刚才一路呼天抢地进来的那名妇女，正坐在长椅上，等待列车出发。我真的是在地狱吗？我们必须在这里等待摆渡车，再进入黑暗的地狱吗——正如候机厅里那些人，他们也在那边等候飞往天堂的航班？就在茫然不解的当儿，我看见一名属于另外一个时代的检票员。他没有穿当今工作人员那种色彩鲜艳的制服，也没有配备登录信用卡号的必要电子设备。不，他穿着一件朴素的上衣，戴着五角形帽子，拿着一个检票打孔器。

我走上前去：

"劳驾，先生？"

他并没有用责难的语气回我一句"您好"，而是朝我转过身来，很专业地说：

"为您服务！"

"是坐这列火车去地狱吗？"

他盯着我，有点懊恼的样子：

"是的，正是这样……飞机留给进天堂的富人！下地狱就得坐老式火车！"

"其实，"我说道，"这种交通方式，我也同样喜欢。出发时间呢？"

"十八点十二分。这里，没有特别的航班、包机、专列。时刻表从来就没有变过！"

有一刻，我想起了铁路公司，它们在不停地改革，总是强加给你新时刻表、新价格、新流程。接着，我感兴趣地问：

"真的吗？这里从来就不变？"

他看了看我，有点生气，好像我对等待自己的可怕命运毫不理解似的：

"不，先生。这里，您身在地狱，从不会有什么变化。变化，发展，新鲜事物，这只是天堂的专利！我们不要谈什么交通合理化问题！"

"您的意思是说？"

"别假装天真。您看好了，这列火车已经老旧、疲惫，停在几乎空荡荡的站台上。在天堂里，他们奉行的是市场逻辑，践行的是大流量，追求的是效益。所有航班都人满为患……在地狱里，我们注定只能按照管理机构制定的老规矩来生活，没有自由，也没有竞争。地狱之于天堂，恰如史前之于现代……"

他好像思考了片刻，继续说：

"如果您愿意，也可以说，恰如社会主义之于自由主义。"

我觉得，比喻一针见血。自从天堂皈依新自由主义以来，在新自由主义者眼里，地狱相应地代表这种与公共权力紧密相连的恐惧。只不过在惩罚我的罪孽之时，上天也犯了错误。对于我这样的客户来说，老火车站比候机厅不知道要温馨多少倍，它们想象得到吗？一成不变的时刻表，与变化莫测的商业相比，不是更让人觉得踏实吗？地狱的这个剪影，与我对天堂的一豹之见相比，不是更引人入胜吗？

十八点十二分，火车按时出发。连续好几个小时，火车轰轰隆隆，行驶在恐怖——我猜测，在上帝、路西法和组织者的眼里，这就是恐怖——的物景中。既看不见高速公路，也看不见停车场；没有成片广袤的农田，只有小块小块贫瘠的土地，被小径或绿树簇拥的阡陌隔离开来。这趟慢车停靠的第一座城市，既没有住宅楼，也没有商业中心。只有老式的建筑，上面悬挂着毫不起眼的商业招牌。我感觉肚子有点饿，旅行中，我没有见到吃自助餐排队的人流，我本想买点饭菜打包。没有，我进入破旧的餐车，有人安排我在桌前坐下来，让我点菜。这里的一切，几十年来都毫无进步：这是一个陈旧的世界，为了惩罚我的罪孽，我必须在这里流浪。

后面遭遇的恐惧和痛苦，我不想详加描述，更不想勉为其难地强加给读者诸君。了解这一点就已经足够：只要正直、诚实，遵守男人，尤其是女人的法则，敬畏宗教，坚持自由、公平的竞争，就可以规避地狱之苦。这就是进入更美好世界的不二法门，在那里，妈妈喝着混合果汁，一直在游泳池边等我。相反，在地狱里，既不禁烟，也不禁酒。能够让人偏离正道、误入歧途的任何物质，全都畅行无阻。夜晚，我们这些地狱里的难兄难弟，一头扎进烟雾缭绕的地下酒吧——残疾人无法到达，在那里，音乐人一直演奏到拂晓时分。再稍晚一点，也不管健康不健康，我们等待日出，好坐上餐桌，胡吃海喝。因为，在这个"反世界"里，就算五毒俱全，毫无节制，也不会再死一次——享乐无害，这个确如恶魔般的不健康观点也由此传播开来。

街上危险重重。骑车的，步行的，谁都不戴头盔，也不穿荧光衣。食品既没有冷冻，也没有塑料包装。有时候，男人找女人搭讪，勾引她，她也不会投诉。因为，这就是地狱，对私生活毫无保

174

障。但是，别西卜王国同样会让人想起巴别塔，因为在那里可以见识到形形色色的语言，彼此混淆，纷纷扰扰。俗世和天堂的人民正致力打造全球社会。他们购买同样的汽车，看同样的电视电影，听同样的音乐，分享同样的新闻。他们只要懂英语，就可以知道哪里有汉堡商，哪里有取款机。在这里，恰恰相反，各色人等珍爱老故事，习用被人遗忘的混合语。英语一概帮不上忙，每一次见面，都需要耐心学习。

也许，这并不算最糟糕的情况。因为，在这个遭受诅咒的世界里，日常生活缺少了现代经济的根基。换句话说，在这些地方，在这个由被救助者组成的社会里，大家吃喝不愁，没有后顾之忧，只有少数公务员能得到一份与资历挂钩的福利。当全人类和真福者都在忙忙碌碌转动机器——你生产，我消费——的时候，地狱却像一座懒汉的殿堂，他们不足以永生，所以什么都懒得干。他们做一天和尚撞一天钟，随心所欲地混日子，对社会利益毫不关心。他们放弃了生产效率，永远快乐地投身罪孽。

在那里，每天晚上，夜深人静——因为地狱里从来不开路灯——之时，我凝望着满天繁星，开始思考人生。在那里，不再有义务，不再有抱负，不再有消费贷款，我观察着闪闪烁烁的星系，它们横亘在天穹之上，宛如神秘的符号，也许还孕育着其他生命、其他文明。但是，这星驰云飞、璀璨夺目的场景再也不能吸引我，因为在这远离天堂的地方，我发现了那份暗影中的清新，那份疏离中的闲淡，它们最终让我的灵魂归于平静。

图书在版编目(CIP)数据

天堂的电脑/(法)伯努瓦·迪特尔特著;
龙云译. —上海:上海译文出版社,2019.12
　　ISBN 978 - 7 - 5327 - 8270 - 3

　　Ⅰ.①天… Ⅱ.①伯… ②龙… Ⅲ.①长篇小说—法
国—现代 Ⅳ.①I565.45

中国版本图书馆 CIP 数据核字(2019)第 270621 号

Benoît Duteurtre
L'ORDINATEUR DU PARADIS
本书根据伽里玛出版社 2014 年法文版译出
© Editions GALLIMARD, Paris, 2014
All rights reserved
All adaptations are forbidden.

图字:09 - 2015 - 1098 号

天堂的电脑	[法]伯努瓦·迪特尔特 著	出版统筹　赵武平
L'ordinateur du paradis	龙云 译	责任编辑　缪伶超
		装帧设计　董茹嘉

上海译文出版社有限公司出版、发行
网址:www.yiwen.com.cn
200001　上海福建中路 193 号
上海市崇明县裕安印刷厂印刷

开本 890×1240　1/32　印张 5.75　插页 2　字数 77,000
2020 年 1 月第 1 版　2020 年 1 月第 1 次印刷

ISBN　978 - 7 - 5327 - 8270 - 3/I·5071
定价:35.00 元